mauro ventura

POR
VEN
TURA

Encontros, encantos e outras inquietações

Copyright © 2019 por Mauro Ventura em acordo com MTS agência

Editores:	Fernanda Zacharewicz
	Gisela Armando
	Omar Souza
Preparação e revisão	Omar Souza
Capa	Rafael Brum
Diagramação	Sonia Peticov

Primeira edição: novembro de 2019

Dados Internacionais de Catalogação na Publicação (CIP)
Ficha catalográfica elaborada por Angélica Ilacqua CRB-8/7057

V578p

Ventura, Mauro, 1963-
  Porventura / Mauro Ventura. — São Paulo: 106, 2019.
  240 p.

  ISBN: 978-65-80905-07-2

1. Crônicas brasileiras   I. Título

19-2364   CDD — B869.8
                                           CDU 82–94 (81)

Índice para catálogo sistemático
1. Crônicas brasileiras

ISBN do ebook: 978-65-80905-06-5

Publicado com a devida autorização e com todos os direitos reservados por

EDITORA 106
Av. Angélica, 1814 — Conjunto 702
01228-200 São Paulo S.P.
Tel: (11) 93015.0106
contato@editora106.com.br
www.editora106.com.br

Sumário

Apresentação — 7
Depoimentos — 11
Prefácio — 13

INQUIETAÇÕES

Prazer, Mauro. Paulo? Lauro? Mário? — 19
Precisamos de um homem! — 22
O primeiro "vô" a gente nunca esquece — 24
Noites *calientes* — 26
Despossuído — 28
Mudança de gênero — 31
Repolho ou Alface? — 35
Você só escreve ou trabalha também? — 38
Maletas, mulatas, muletas — 44
"Madona mia!" — 47
Distraídos sofreremos — 50
São Nelson — 55

OS INVISÍVEIS

João e Maria da Maré — 65
Luiz e as pipas I — 70
Luiz e as pipas II — 72
A África do Brasil — 77
Seu Mário e dona Iracema, uma história de amor — 80
Carlos e Charles — 83
Um herói improvável — 88

ENCONTROS

Alma gêmea   99
O afeto que salva   101
O poliglota das ruas   104
O prazer de estender a mão   106
Bracinho   109
"Chame Ledão"   113
Primeiro a saúde, depois o beijo na boca   118
O palhaço em seu palco improvisado   121
O reencontro com o palhaço   123

CANTOS, ENCANTOS E DESENCANTOS DO RIO

A xepa ou "the best moment in promotion"   131
E agora, José Maria?   134
Troca de gentilezas   137
"*Tá* com pena? Leva pra casa"   139
O menino e o PM   142
O não-assalto   143
Adrenalina   145
Passarinho   148
O Rubem Braga, não!   151
Doce de amendoim todo trabalhado na beleza   156
O peso da cidade   161
O sonho da porta própria   163
3x4   165
A queda do muro   168
Frutos perdidos   169

SALA DE ESTAR

Amor infinito	173
Bronca	175
Castigo	176
Manhã de sol	178
"Desdá o laço?"	180
Competição de arquitetura	182
Quem manda	184
Hora de dormir	185
Assobio, defensores e detratores	187
Lagartixo	189
Cerimônia de adeus	192
Arrã!	194
O folhívoro	195
Sabores	198
Caiu da cabeça	199
Dois irresponsáveis	201

OUTRAS VENTURAS

O cofre	207
Amigos íntimos	209
Próteses, pernis e piques	212
Agora vai ou só *gogó*?	215
Chamada a cobrar	219
Solidariedade masculina	221
O beijo	223
É muito amor envolvido	224
O perneta e a mudança	226
Bilhetes de amor	230
Nomes florais	232
Novos parentescos	234
Eu provejo?	236

A Eric e Alice.

Apresentação

Este livro faz um balanço de 20 anos de crônicas, iniciadas em 1999 na antiga coluna que eu tinha no Caderno B do Jornal do Brasil. Reúne também textos publicados nos blogs No Front do Rio e DizVentura, de O Globo, e no Facebook. Mas não se trata apenas de uma coletânea. Há escritos inéditos e narrativas que resultam da junção de várias outras. Em alguns casos, reescrevi as crônicas para clarear pontos que haviam ficado obscuros.

O livro me proporcionou ainda a chance de revisitar alguns personagens anos depois de escrever sobre eles, algo que nós, jornalistas, raramente fazemos. Nas páginas a seguir, o leitor não vai encontrar somente crônicas solares. Há comédias e dramas — como, aliás, é comum na própria vida. Há um pouco dos meus desassossegos, das minhas obsessões, do dia a dia no jornalismo, de observações sobre a vida pública e a vida privada, da relação com os filhos, do encontro com pessoas famosas e, sobretudo, anônimas. O resultado é uma pequena, mas significativa, amostragem desses anos de trabalho.

Em minhas andanças pelo Rio, circulo dos cartões-postais à periferia. Natural que a cidade seja personagem frequente. Afinal, ela não desperta reações neutras. É ao mesmo tempo hospitaleira e hostil, tolerante e áspera, envolvente e traidora, graciosa e vulgar — mas sempre apaixonante. E, mesmo quando a gente aponta os problemas, é movido pelo desejo de que as coisas melhorem.

Optei por não datar as crônicas. Muitas delas continuam atuais. E as que se referem a uma época específica contêm adaptações para que o leitor entenda o contexto, como quando quis embarcar num avião com um objeto pouco convencional — foi antes dos atentados de 11 de Setembro, quando as regras de segurança em voo eram bem mais flexíveis. Da mesma forma, numa narrativa de 2000 uso o termo mulata, hoje polêmico.

Devo o impulso inicial para o livro ao amigo Jorge Antônio Barros, referência no jornalismo, que vivia insistindo para que eu reunisse esse material. A cada pretexto que eu levantava, ele vinha com um argumento contrário. Tinha acabado de me convencer quando, coincidentemente, veio o convite de Omar Souza, outro amigo querido, para lançar a obra por sua editora, a 106. Foi um privilégio. Com o talento lapidado em anos de jornalismo e mercado editorial, ele ajudou na escolha do material, sugeriu mudanças e cortes, apontou falhas, fez uma revisão atenta e teve enorme paciência para aguentar minhas alterações de última hora.

E assim, para alívio de minha mulher, de meus pais e de meus filhos, que cobravam sem parar que eu deixasse de ser autor de uma obra só, eis aqui este *PorVentura*.

Foi Omar quem propôs batizar o livro assim. Gostei de cara. Não só pelo trocadilho como porque na minha vida quase tudo aconteceu por acaso. Por coincidência, enquanto pesquisava para o livro achei um post publicado em 18 de fevereiro de 2009 no blog *DizVentura* que dizia:

> "Quando decidi criar um blog, em 2002, fiquei matutando o nome. (...) Até que me veio, sabe-se lá por quê, o trocadilho: DizVentura. Brincava com o fato de que era eu dando palpites sobre as desventuras de seu dono. O nome sempre fez sucesso. Até semana passada, quando recebi um e-mail gentilíssimo de Vera Gaspar: 'Caro Mauro, penso que é um absurdo você nomear seu blog com um significante sonoro tão avesso aos seus comentários, posições, opiniões. Que tal: *A Ventura* ou *Por Ventura*? Tem tudo a ver com o seu altíssimo astral. Consulte seus fãs antes de um demérito como esse ser veiculado! Uma beijoca

carinhosa.' No caso, o significante sonoro — desventura — quer dizer, como lembra o dicionário *Houaiss*, 'ausência de ventura; má fortuna; desgraça, desaventura, infortúnio'. Vera tem razão. Bem-aventurado que sou, poderia ter batizado o blog de *Por Ventura*. Manteria o trocadilho e teria um significante sonoro (porventura) sem carga negativa. Mas, à época, não me ocorreu a ideia. E, confesso, acabei me afeiçoando ao nome atual. De qualquer forma, o e-mail da Vera me fez ganhar o dia."

Agora, se por acaso Vera estiver me lendo, saberá que sua sugestão foi acatada.

Tive o privilégio de ter o prefácio assinado por um mestre na crônica, Joaquim Ferreira dos Santos, que me brindou com palavras generosas e afetuosas. Da mesma forma, tive a ventura de contar com comentários ilustres de figuras que admiro: Andréa Pachá, Antônio Carlos Costa, Cora Rónai, Daniel Becker, Flávia Oliveira, Luis Fernando Verissimo e Nelson Motta. Já valeu ter feito o livro.

Numerosas pessoas colaboraram para que esta obra se tornasse realidade, em especial minha agente literária, Marianna Teixeira Soares, além de José Pedro Brombim, que me ajudou na pesquisa, de Celso Athayde, da Central Única das Favelas (Cufa), da repórter Flávia Junqueira, do jornal Extra, de Lucia Lemos, Raul Grecco, Stella Moraes, de Jaílson de Souza e Silva e dos advogados João Tancredo, Maria Isabel Tancredo, Pedro Senna da Rocha e Renato Brito Neto. E não poderia deixar de citar a ABBR (Associação Brasileira Beneficente de Reabilitação), por meio do presidente do conselho deliberativo, Deusdeth do Nascimento, do superintendente de serviços, Walter Campos, do superintendente executivo, Aquiles Ferraz Nunes, da gerente da oficina ortopédica, Viviane Iozzi, e da chefe da unidade de amputados, Leila de Castro.

Devo um reconhecimento particular a alguns personagens que generosamente se dispuseram a dividir suas comoventes histórias comigo: o menino Luiz Rodrigo, sua mãe, Vanessa, e sua avó, Odineia; Carlos Gouvea; André Luiz; João Aleixo; Aparecida Macedo e Dayana Horrara.

Agradeço à minha sogra, Silvia, pela disponibilidade e pelo apoio, fundamentais para que eu conseguisse me dedicar a este projeto.

Agradeço a meus pais, pela escuta atenta, pelo estímulo permanente, pela presença constante e pelo amor sem fim.

Agradeço à minha mulher, Ana, e aos meus filhos, Eric e Alice, meus companheiros indispensáveis de jornada, que deram novo significado à minha vida.

Alguns textos, como já disse, saíram antes no Facebook. Entrei na rede social em 2011, a pedido de Ana, logo após escrever meu primeiro livro, *O espetáculo mais triste da terra — O incêndio do Gran Circo Norte-Americano*. Seria uma forma de divulgar o lançamento. Tomei gosto e acabei me aproximando de muitos leitores, que igualmente deram força para que eu vencesse as inseguranças e fizesse esta obra. Mas teve quem reclamasse, como é o caso de Alice. Aos 10 anos, ela diz:

— Péssima ideia da mamãe ter feito você entrar no Facebook. Você usa nossa vida como história.

Eric, de 7 anos, também se queixa:

— Você conta nossas histórias até pra gente que você não conhece?

— Sim.

— É nossa vida!

— É invasão de privacidade — completa a irmã, que sempre me cobrava: — Sai um pouco do Facebook e vai fazer seu livro.

Saí e fiz — incluindo, claro, algumas histórias deles dois aqui.

Depoimentos

Mauro escreve com o coração. É uma delícia encontrar a delicadeza e a generosidade de um olhar curioso e sempre disposto a ouvir e compreender a voz do outro.

A alma do atento contador de histórias, sempre presente nos textos jornalísticos, agora chega inteira na voz do potente cronista. Sorte nossa!

ANDRÉA PACHÁ, juíza e escritora

Mauro escreve com beleza, alma e simplicidade. Percebe-se nos seus textos o anseio por promover a causa da justiça, dar visibilidade aos problemas sociais, extrair das pessoas o que elas têm de melhor, reconhecer e celebrar o mérito de quem trabalha para o bem comum e manter-se fiel aos princípios que regulam sua atividade jornalística.

ANTÔNIO CARLOS COSTA,
fundador da ONG Rio de Paz

Muitas crônicas deste livro acontecem ao longo de um passeio — uma caminhada, a feira, o sinal, a cidade ao vivo. O Rio é a grande personagem de Mauro Ventura, eterno repórter, incansável pesquisador de cariocas, atento à vida cotidiana, às suas belezas e contradições, delicadeza e terror. Um tanto de reportagem, um tanto de conversa, olhos, ouvidos, coração: muito coração. A mistura funciona.

CORA RÓNAI, jornalista e escritora

De todos os jornalistas cujo trabalho testemunhei, Mauro Ventura foi o mais meticuloso, criterioso e preparado. Tenho profunda admiração por seu trabalho. Além de ser um cronista do afeto, é um jornalista muito especial.

DANIEL BECKER, pediatra, sanitarista e escritor

Jornalista tão sensível quanto talentoso, Mauro Ventura transita pelo cotidiano de um Rio de brutalidade e afeto. Em textos precisos na forma e líricos no conteúdo, nos conduz à empatia tão necessária nesses tempos feios. É grata leitura.

FLÁVIA OLIVEIRA, jornalista

Prefácio

Eu tenho, se a expressão não estiver proibida em algum recente manual do politicamente correto, uma invejinha branca do Mauro Ventura. Nós moramos no mesmo bairro, passeamos pelas mesmas calçadas, frequentamos os mesmos supermercados, as mesmas feiras, e por mais que este cenário seja cercado dos personagens e acontecimentos comuns aos dois, ele sempre percebe melhor, na trivialidade do cotidiano, um assunto que seja o leite, o mel e o sentido da existência de nós, cronistas.

Ser cronista é ter uma sintonia afinada com o que, aos olhos dos outros, não passa do banal de todo santo dia. Filtrado pela sensibilidade desses *voyeurs*, o desacontecimento de uma conversa com o caixa do banco ou a presença de um novo mendigo no bairro, tudo vira algo tão transcendente que, quando chegar ao ponto final da narrativa, a vida do leitor estará iluminada por um sorriso, um jeito novo de olhar as coisas — essas moedinhas que são a paga suprema aos que têm como missão sentar, espremer daqui, espremer dali e narrar o mundo ao seu jeito.

Mauro Ventura é seguidor da mais pura linhagem dos "cronistas cariocas", um bando de mineiros e capixabas que invadiu o Rio na primeira metade do século passado e tornou mais delicioso o hábito de ler revistas e jornais. Há cronistas por todos os cantos do país, mas a escola maior, a que deu o tom da coisa, nasceu aqui, talvez porque no Rio houvesse calçadas mais largas para esses escritores passearem em busca de assunto, talvez porque a cidade tivesse um visual que sugerisse pinturas também com letrinhas, talvez porque o papo furado em seu bares e cafés estivesse na tradição de uma cultura de levezas.

Falar de crônica é colecionar um "talvez" atrás do outro. Talvez jornalismo, talvez literatura. Talvez ficção, talvez uma descrição livre da realidade a partir do umbigo do cronista. Uma das melhores definições do que talvez possa ser o gênero crônica é a do pai do autor deste livro, o imortal Zuenir Ventura, também mineiro e "cronista carioca". Mestre Zu, diante das muitas possibilidades do gênero, disse uma vez que crônica é tudo que num jornal ou numa revista se cerca dentro de um fio e no alto o diagramador escreve "crônica". Pode ser, talvez.

Antônio Cândido fez um tratado fundamental sobre o assunto e classificou a crônica como uma literatura ao rés do chão, "uma quebra do monumental e da ênfase", um gênero menor — "graças a Deus, porque assim fica mais perto de nós". Eu — e essa é uma das características da crônica, a liberdade para o uso do "eu" —, eu gosto de achar que a crônica é uma literatura de bermudas, um texto que não tira onda de sabichão, não tem verdades a declarar e apenas quer mostrar, sem púlpito, sua visão das coisas.

Mauro Ventura divide sua vida entre antes e depois do dia, devia ter uns 12 anos, em que o pai lhe leu "Aula de inglês", de Rubem Braga. "Foi o maior encantamento literário que eu tive", diz. Ele cita também como membros do seu panteão o lírico Paulo Mendes Campos e Fernando Sabino, de quem herdou uma admirável técnica para manejar diálogos. De Braga, Mauro ficou com a capacidade de flagrar o tesouro escondido nas minúcias do dia a dia. Quanto menos assunto tivesse — e quem dizia era Manuel Bandeira —, melhor ficava.

Repórter de formação, Mauro gosta de trabalhar com assuntos bem definidos, como o leitor vai ver neste apanhado de seus vinte anos de cronista. Pode ser uma cena engraçada do relacionamento com os filhos, as confusões vindas da sua dificuldade em guardar nomes de velhos conhecidos, os percalços do dia em que precisou andar de muletas. Seja o assunto que for, em todos esses textos está a marca do cronista, esse camarada que sai por aí catando migalhas do cotidiano e depois, recicladas com a boa literatura, dá aquele prazer inenarrável de uma boa leitura — embora, cá entre nós, como ensinou Rubem Braga em seu apreço pelas palavras curtas, "inenarrável" tenha sílabas demais para uma crônica.

Outra lição do mestre, e seguida de perto por Mauro Ventura, é não discursar. "O conde e o passarinho", um dos clássicos de Rubem Braga, é um libelo antiburguês, mas sem qualquer uso de um desses clichês políticos; um texto político, mas escondido da leveza fundamental ao cronista. Eu gosto da crônica que muda de assunto, que sai da pauta óbvia, dos grandes dramas, dos grandes acontecimentos, e faça como o Mauro Ventura. Ele vai até ali na esquina e depois — como João do Rio, Carlinhos de Oliveira, Lima Barreto — volta para dizer aos leitores: "Olha só, gente, que coisa engraçada, ou que coisa triste, eu vi ali na esquina não tem meia hora."

Uma crônica deve esconder bem escondido todos os truques profissionais necessários para se construir um bom texto e deve dar a falsa impressão de que tudo não passa de uma conversa descompromissada de balcão. Um cronista não assusta, não posa de *pince-nez* intelectual. Quanto menos pose, melhor. Está sempre atrás do sonho de um texto que chegue assim, devagarzinho, e sugira ao leitor, diante daquelas palavras tão harmoniosas, tão naturais na brincadeira entre pontos e vírgulas, que para escrevê-las o cronista levou o mesmo tempo que o leitor para ler. Mauro Ventura é desses e, não é por ser meu vizinho, dos melhores.

JOAQUIM FERREIRA DOS SANTOS

INQUIETAÇÕES

Prazer, Mauro. Paulo? Lauro? Mário?

A atendente da cafeteria traz a máquina de cartão. Olho o crachá e vejo seu nome: Gleice Kelly.

— Sua mãe devia ser apaixonada por ela, não? — comento.

Ela faz cara de quem não entendeu.

— Grace Kelly, a atriz americana, que depois virou princesa de Mônaco. Não é por isso que você se chama assim?

— Não sei. Nunca soube.

Ela não conhecia a mais famosa musa do diretor Alfred Hitchcock. Eu comento:

— E você não perguntou à sua mãe por que se chama assim?

— Não. Ela deve ter achado bonito.

Eu, ao contrário, quis saber a origem de meu nome. Mas, quando perguntei, meus pais já não se lembravam. O que ficou na memória deles é que meu pai fez questão de um nome simples, com a devida concordância conjugal. Afinal, ele estava escaldado com a própria experiência — é um tal de ligarem atrás de Zoemir, Zeunuir, Joenir, dona Suelir, Juvenil, senhora Sulenir. E mesmo quem acerta a grafia pode errar o sexo, como os golpistas que tentaram entrar no apartamento se apresentando como funcionários da Light chamados para atender a "uma senhora com necessidades especiais, dona Zuenir Ventura".

Assim, para minha felicidade, escapei de me tornar Zuenir Filho, Zuenir Júnior ou Zuenir Segundo. Também me livrei do risco de me americanizarem, como fez o jogador Ronaldo com o filho, Ronald. Com isso, safei-me de virar Zoo Ennyr. Evitei mais um perigo: o costume de juntar os nomes materno e paterno.

Caso eu carregasse na certidão essa união nominal-conjugal de um Zuenir com uma Mary, poderia ter me convertido em Zuma ou Zueniry. E, por fim, fui salvo de outra ameaça, a que vitimou o ex-deputado Onaireves (Severiano ao contrário) Moura e o advogado Onurb (Bruno ao contrário) Couto. Imaginem se eu tivesse virado Rineuz? Seria outro entrave.

Felizmente eles tiveram o bom-senso de optar por Mauro. Um nome fácil. Curto, cinco letrinhas, sem que alguém peça "pode soletrar, por favor?" e sem ocasionar aquelas dúvidas habituais: "Leva acento? Com ou sem 'H'? Com 'I' ou 'Y'? 'C' ou 'K'? Com 'U' ou 'W'? 'S' ou 'Z'? Um ou dois 'N'?" Meu pai chegou até a consultar seus alunos da faculdade sobre a escolha. Eles aprovaram. Eu ainda era bebê quando, na praia, um amigo de meus pais olhou para mim e perguntou:

— Qual é o nome dele?

— Mauro — respondeu meu pai.

— Ah, Lauro, que bom.

Tem sido assim desde então. Segundo estatísticas do DataVentura, quando falo meu nome 70% entendem Paulo, 10% ouvem Mário, 10% compreendem Lauro e 10% escutam qualquer outra coisa, inclusive Mauro. Esses dias, numa pizzaria, a atendente foi criativa e anotou no pedido: "Nando." Uma vez fui fazer um cadastro e a moça perguntou meu nome.

— Mauro.

Para não haver erro, eu repeti, dessa vez com ênfase:

— Mauro.

Ela então pediu meu sobrenome e os demais dados (CPF, telefone etc.), e completou o serviço. Depois de tudo pronto, li no documento: "Paulo Mauro Ventura." É tanta confusão que já desisti de consertar, e, agora, quando perguntam: "Paulo Ventura?", respondo, resignado, que sim. Numa ocasião, no Starbucks, logo atrás de mim estava uma mulher. Ao anunciar a bebida, a funcionária gritou:

— Paula!

Ela corrigiu pacientemente a atendente:
— É Maura.
Eu me senti solidário.

Em outro momento, também no Starbucks, a caixa perguntou meu nome, olhou com ar de estranhamento diante da resposta e anotou no copo: "Mau." Não sei se falo baixo, se tenho problemas de dicção, se deveria ter feito fonoaudiologia ou se Mauro é tão incomum assim. Se bem que, mesmo quando é outra pessoa que diz, as confusões acontecem. Tempos atrás, fui comprar um livro. Não havia na livraria, mas o vendedor telefonou para uma filial em outro bairro e viu que lá tinha. Ele avisou, em voz clara e cristalina:

— Reserva então por favor em nome de Mauro. Ele vai buscar em meia hora.

Meia hora depois, eu estava lá. O livreiro procurou em tudo quanto é canto: balcão, sala de reserva, estoque, prateleiras... e nada. Checou novamente comigo qual era o livro e falou, desanimado:

— Não estou encontrando mesmo. O único exemplar está reservado em nome de Rubens.

Rubens? Definitivamente, não era eu. Ele continuou procurando até que apareceu o colega que havia recebido o telefonema e reservado o livro para mim.

— Me ligaram da outra loja, sim — confirmou. — Mas não falaram nada de Mauro, não. Me disseram que era para Rubens.

Precisamos de um homem!

Chega uma pizza gigante e uma garrafa de refrigerante de dois litros na redação do jornal. É noite e estão todos com fome. Minha colega Luciana Nunes Leal pega a bebida e tenta destampá-la. Não consegue. Natural. Abrir embalagens no Brasil é mais difícil do que abrir a caixa-preta da máfia dos ônibus do Rio. Eu me ofereço para ajudar, sabendo o risco que isso significa. Tento e... nada. A tampa está um pouco úmida, e Regina Eleutério vem em meu auxílio com alguns guardanapos de papel. Nenhum efeito. Apelo para minha camisa. Envolvo a tampa com ela e volto a girar. Nenhum estalo.

— É difícil mesmo — alguém se solidariza.

Eu justifico:

— É que estou com o ombro machucado.

E dou detalhes, para soar mais convincente:

— É no supraespinhal.

De fato, é verdade, mas o machucado é no ombro esquerdo, que não está sendo usado. Acabo confessando que é desculpa. Continuo tentando, diante dos olhares sedentos e ávidos pelo refrigerante, até que tenho uma ideia: pego a faca e começo a enfiá-la por baixo da rosca. Faço isso ao redor dela toda, até alargá-la. "Agora vai", penso. Nada. Pego novamente a faca e decido romper o lacre que vem junto com a tampa. Consigo removê-lo por completo.

— Era isso que estava atrapalhando. Agora vai ser moleza — eu digo, diante da concordância geral.

Nenhum movimento. Ela parece colada. Luciana, Regina, Paula Autran e Raphaela Ribas ficam impacientes e começam a olhar ao redor, em busca de ajuda. Eu brinco, para desanuviar o ambiente:

— Precisamos de um homem!

Elas riem. E chamam um colega nosso que está sentado a alguns metros dali. Torço para que não aceite, já que é mais magro que eu. Imagine se abre sem esforço? Felizmente, ele não ouve o chamado. Elas decidem, então, acionar outro jornalista. Ele é mais velho que eu, e fico na expectativa de que também não perceba que foi convocado. Como está um pouco afastado, não se dá conta do pedido. Enquanto isso, mantenho os esforços, sem sucesso. Finalmente aparece um colega que estava de passagem e é convidado a ajudar. Pelo menos, é jovem e forte. Ele se mostra solícito e pega o refrigerante, mas eu me antecipo:

— Aposto que você vai abrir facilmente. É sempre assim, já fiz todo o trabalho sujo.

Não é bem verdade porque senão eu mesmo conseguiria abrir. Seja como for, ele gira a tampa sem dificuldade e abre a garrafa. Eu falo:

— Eu não disse?

O rapaz comenta:

— Isso já aconteceu comigo. Eu não conseguia abrir de jeito nenhum, aí veio outra pessoa e abriu facilmente.

Com tanta simpatia, não dava nem para ficar com aquele misto de inveja e frustração por seu feito.

O primeiro "vô" a gente nunca esquece

Elas deviam ter seus 11, 12 anos. Caminhavam pela Avenida Vieira Souto, em Ipanema, após a saída da escola municipal. Eram três e faziam a algazarra típica da idade. Andavam junto aos prédios. Eu vinha atrás, voltando de um exame médico. Vi quando uma delas apontou para um dos edifícios de luxo e comentou com as outras, brincando:

— Vamos aqui pra minha casa.

Em seguida, ela disse para um dos vigias:

— Segurança!

Falou como quem diz: "Abre aqui pra gente." A menina se aproximou do portão do prédio justamente na hora em que eu passava a seu lado. Ela me disse:

— Licença, vô, obrigado.

"Vô"? Eu devia ter entendido mal. O mais razoável é que tivesse falado "senhor". Não, deixa de racionalização, Mauro, "senhor" é mais longo que "vô", tem duas sílabas, eu teria notado uma quebra de ritmo na frase. Talvez ela não tivesse falado nada, só "licença, obrigado". Afinal, essa garotada gosta de falar rápido e encurtar as frases. Não. A quem estou tentando enganar? Havia alguma coisa entre "licença" e "obrigado".

A meu favor, diga-se que há dias eu estava com a barba por fazer, e os fios brancos no rosto já são numerosos. Além disso, para crianças e pré-adolescentes, qualquer um com mais de 30 é velho. Achei melhor tirar a dúvida. Voltei-me, mas elas já haviam embarcado num ônibus. Fiquei na incerteza. Mas é provável que tenha escutado direito. O primeiro "vô" a gente nunca esquece.

Não esquece mesmo. Tanto que surgiu em 2019 um teste no Facebook em que você mostra uma foto e o programa calcula sua idade. Claro que a gente sabe que os testes da internet querem que você saia feliz com o resultado e compartilhe a boa nova nas redes sociais. Você fica sempre entre os 2% mais inteligentes, os que têm melhor visão e os que mais sabem português. E, portanto, é óbvio que, no caso desse experimento, ele iria dizer que pareço mais jovem. Mas, ainda assim, acho que exageraram na dose: quase 34 anos a menos! Pena que não achei as três meninas para esfregar na cara delas o resultado.

Não sou o único que senti o peso desse tipo de palavra. Fernanda Montenegro contou-me do susto que teve ao ser chamada de octogenária. Citou ainda a história de uma amiga, "bastante jovem, perto dos 40 anos", que estava no carro com uma colega quando, de repente, chegou um ladrão e disse: "Pra trás, coroa!"

— Minha amiga levou um tempo para saber quem era a tal coroa — lembrou Fernanda —, até que, abismada, viu que era com ela. Essa palavra, "coroa", simplesmente não ressoou dentro dela.

Ou seja, mais do que o assalto em si, o que a assustou foi o rótulo etário. É bem verdade que me acostumei a ser o mais velho nas reuniões de trabalho, o veterano nas quadras de basquete, o decano nas mesas de bar, o mais experiente nos altos e baixos da vida. Mas aquele "*vô*" também não ressoou até agora dentro de mim. Devo confessar, porém, que quando minha filha completou um ano encontrei um amigo e cometi o ato falho:

— Hoje é aniversário de minha neta.

Faz parte das desvantagens de ter tido filho tarde, diz esse amigo. Ele, que foi pai pela primeira vez aos 53 anos, conta que passeava com o filho pela orla quando cruzou com um senhorzinho que também empurrava um carrinho de bebê. O homem lançou-lhe um olhar cúmplice e disse:

— Ser avô é a glória, não?

Meu amigo olhou para seu filho e respondeu:

— Não sei. Ele ainda é muito pequeno para eu saber.

Noites *calientes*

Paro de escrever e atendo ao telefone na redação de O Globo. Uma voz sensual e desembaraçada pergunta se estou com saudades. E diz:

— Estou louca pra te ver.

Explico que é engano, mas a moça insiste.

— Não é o Mauro Ventura que está falando?

— Sim.

— Pois então, não vejo a hora de te reencontrar.

Em seguida, ela começa a relembrar os momentos românticos que havíamos vivido juntos em Manaus. Olho em volta, desconfiado de um trote. Jornal tem dessas coisas, de vez em quando alguém prega uma peça. Começo a desmentir cada lembrança da moça. Ela se irrita, reclama que os homens são todos iguais e diz que eu poderia ter pelo menos a decência de falar direito com ela.

Preciso insistir até perceber que estou sendo sincero. Intrigado com o caso, peço que me dê mais detalhes — não os *calientes*, mas de como se conheceram, ela e seu parceiro fugaz. A mulher diz que, tempos atrás, desembarcara em Manaus um jornalista. Apresentara-se como Mauro Ventura e levara inclusive em mãos um exemplar da revista *Domingo*, do Jornal do Brasil, onde de fato eu trabalhava à época, como prova de quem era.

O "repórter" viera fazer uma reportagem sobre a cidade. Divulgaria para os leitores de todo o Brasil as belezas e os atrativos da capital amazonense. Bom de papo, insinuante (definitivamente não era eu), logo caiu nas graças da sociedade local. Foi recebido pelo prefeito, ganhou convites para festas, jantou nos melhores restaurantes, circulou pelas altas rodas manauenses. A moça, pelo visto, também caiu na conversa fiada do sujeito. Durante uma semana, ele foi paparicado sem que ocorresse a alguém ligar para o jornal e confirmar a história. Ninguém também se preocupara em pedir o crachá ou um documento que comprovasse sua identidade.

Expliquei que nunca tinha sequer passado de Brasília, quanto mais ido ao Amazonas. A voz da mulher denunciava frustração e irritação ao se descobrir enganada, mas não parecia nem um pouco arrependida daquelas noites quentes ao lado de um golpista em Manaus.

Despossuído

Marco uma artrorressonância magnética do joelho direito, com contraste. A atendente faz os questionamentos de praxe (plano de saúde, altura, peso) e pergunta, em seguida, se "possuo" algumas coisas. É aquele tipo de posse que, desconfio, trará algum impedimento para o exame, caso responda "sim". Exatamente como acontece no pedido de visto para os Estados Unidos, em que querem saber se você está indo até lá para se prostituir, se é traficante de drogas, se está envolvido em lavagem de dinheiro, se já esteve ligado a transplante de órgãos humanos, se está implicado com o tráfico de pessoas, se é torturador, se já obrigou uma mulher a abortar, se faz parte de grupo terrorista, se já recrutou crianças como soldados, se já foi preso e até se já ordenou, incitou, cometeu, ajudou ou participou de genocídios. Não imagino quem iria responder "sim" a algum desses itens, mas, enfim, não sou eu que faço as regras.

Quanto ao exame, a funcionária do laboratório não quer saber de nada tão grave, mas a lista é grande: "Possui metal no corpo? Marcapasso cardíaco ou fios de marcapasso? Clipe para aneurisma cerebral? Próteses auditivas e auriculares? *Stent*? Dentaduras ou próteses removíveis? Implantes dentários ou magnéticos? Implante coclear? Piercing? Ponto de acupuntura ou sutura metálica? Maquiagem definitiva? É renal crônico? Faz hemodiálise? Já realizou biópsia de próstata? Tem dificuldade de locomoção?"

Tudo negativo. É bem verdade que tenho mancado um pouco da perna, mas nada que impeça o caminhar. Como o exame é no joelho, não há tantos impedimentos, a exemplo do que ocorre em outras ressonâncias, que têm contraindicações ainda mais abrangentes, como *possuir* "desfibrilador implantável", "neuroestimuladores implantados na coluna espinhal", "fios-guias intravasculares", "halos cranianos", "patch transdérmico hormonal" e "bombas de infusão".

Mas o questionário não terminou. Ela quer saber se possuo alguma tatuagem definitiva. Sempre me faltou coragem e vontade, não necessariamente nesta ordem. Li que uma pesquisa feita nos Estados Unidos (onde mais?) indicou que 35% das pessoas que se tatuaram se arrependeram. Como o rapaz que, de tão apaixonado, resolveu ostentar no peito o nome da namorada, Amanda. Só que terminou com a moça — ou a moça terminou com ele, não sei. Um dia, apareceu no churrasco de família com aquela inscrição extemporânea no corpo. Os parentes deram sugestões. Um disse:

— O jeito é você trocar o "a" final por um "o". Aí fica "Amando". E você põe em seguida o nome da nova namorada.

Mas alguém lembrou que, se ele mudar novamente de garota, o problema continua. Outro propôs, então:

— Troca o "a" final pelo "o", acrescenta um "de" e finge que você quer dizer "a mando de". E aí, em seguida, põe alguma coisa, como Jesus, Deus, Alá.

Um terceiro parente aconselhou que ele apagasse o "a" inicial. E botasse um "bem" em seguida. Ficaria "manda bem", uma frase apropriada a quem estampa o nome da namorada no peito. Uma dessas pessoas foi o ator Johnny Depp. Quando namorava a atriz Winona Ryder, tatuou "Winona forever" no braço. Mas a Winona não foi "forever", e ele teve de ser criativo: apagou um pedaço da tatuagem e trocou por "Wino forever" — algo como "bebum para sempre".

Não namorei a Winona nem costumo me embriagar, então respondo sem hesitar para a atendente que quer saber se possuo tatuagem:

— Não.

A moça parte para a última dúvida, aquela que me separa do exame:

— Possui algum projétil de bala alojado no corpo?

Faz sentido. Nem todo morador do Rio é privilegiado a ponto de estar livre do problema. Puxo pela lembrança os episódios de violência de que fui vítima. Bicicletas levadas, carros furtados, rádios e CD *players* afanados, dinheiro roubado — sem contar o que bancos, empresas de telefonia e de TV por assinatura, Correios e concessionárias de luz, gás e esgoto me subtraem todo dia sem que eu perceba. Mas nenhum desses casos me resultou em tiro. E assim, felizmente, posso responder de forma convicta para a moça:

— Não!

E fazer, enfim, a ressonância.

Mudança de gênero

Finalmente consegui mudar de sexo. Foi um processo demorado, levou quase dois anos e meio, mas agora que completei todos os trâmites legais posso oficialmente anunciar que sou do sexo masculino. Pelo menos aos olhos da minha operadora de saúde.

Antes que estranhem, esclareço. Tudo começou quando, em junho de 2016, precisei acessar o site da empresa. Foram dois dias sem sucesso. Até que a atendente descobriu o motivo. Sabe-se lá por quê, eu estava cadastrado na seguradora como sendo do sexo feminino. Eu teria que enviar *email* ou carta solicitando a alteração, anexando identidade e CPF para provar, com documentos, minha condição masculina. Não bastava a minha palavra. Enquanto aguardasse a resposta, deveria entrar no site como mulher. Fiz isso e relaxei.

Até que, em janeiro de 2017, já com 53 anos, tomei juízo e procurei um urologista para ver como andava a minha próstata. Ele fez o toque retal e anunciou que estava tudo bem. Mas pediu um exame de sangue para checar, entre outros índices, o PSA e ver se havia alguma alteração, como prostatite ou câncer. Dias depois, fiz as doze horas de jejum habituais e fui ao laboratório. Após algum tempo de espera, a funcionária me atendeu e passou a digitar as informações no computador. Por fim, deu a má notícia:

— O exame de PSA não foi autorizado.

— Como assim?

— Segundo sua operadora, o procedimento não é compatível com o sexo do senhor.

— Mas é exame de próstata.

A moça me olhou e concordou que era estranho. Ligou para a empresa e relatou a situação. Informou que estava com um paciente à sua frente que precisava fazer um exame de próstata, mas que não havia sido autorizado. Do outro lado da linha, alguém da seguradora deu explicações. A atendente rebateu sua interlocutora:

— Mas a informação que vocês estão me passando não condiz com o sexo real do paciente.

A conversa durou mais algum tempo até que ela desligou e disse:

— O senhor está cadastrado na empresa como sendo do sexo feminino. Então, eles vão abrir um chamado. Vai levar até duas horas para analisarem e ver se liberam.

Jurava que havia resolvido o problema no ano anterior, quando enviara o *email*, mas, pelo visto, estava enganado. Eu poderia ter brincado com a atendente: "Pelo menos, tenho cobertura para parto e posso marcar uma ginecologista." Mas apenas reclamei:

— Duas horas para decidir se sou homem?

Se bem que, em tempos de gêneros fluidos, identidades flutuantes, diversidade sexual e da sigla que não para de crescer — até o dia em que escrevo ela já está em LGBTQIAP+ (Lésbicas, Gays, Bi, Trans, Queer/Questionando, Intersexo, Assexuais/Arromânticos/Agênero, Pan/Poli e Mais) —, soa um pouco antiquado eu querer me rotular de forma tão estrita. Mas, como já estou há 13 horas sem comer, alego que não dá para esperar mais tanto tempo. Ela resolve chamar a supervisora. As duas confabulam durante alguns minutos. Olham para mim, parecem não duvidar de que sou o que digo, voltam a se falar, até que a atendente diz:

— Para o senhor não ter que aguardar mais, minha supervisora autorizou coletar seu sangue, dar seguimento aos outros exames e quando, e se, a empresa liberar, o laboratório analisará também o PSA.

Tirei o sangue, fui embora e, três horas depois, a moça me ligou informando que a seguradora acabara de autorizar o procedimento de análise do PSA. Aos olhos da minha operadora de saúde, agora eu era oficialmente do sexo masculino. Não sem antes ouvir brincadeiras de amigos e amigas. Um disse:
— Será que eles sabem de algo que a gente não sabe?
Outro achou que tive sorte:
— Tanta gente querendo trocar de sexo e não consegue.
Um terceiro me estimulou:
— Não se deixe levar por esses percalços, você pode ser o que quiser.
Na mesma linha, alguém gracejou:
— Hoje em dia essa questão de gênero é ultrapassada, Mauro.
Houve quem sugerisse:
— Se não aprovassem o exame, você poderia pedir autorização para uma cesariana. Queria ver o que diriam.
Uma, mais feminista, criticou, com bom-humor:
— Achei muito machismo da sua seguradora. Por que só homem pode fazer exame de próstata? Direitos iguais já!
De qualquer forma, para me prevenir de aborrecimentos futuros, enviei de novo a tal mensagem pedindo a troca de sexo — ou, pelo menos, pensei ter enviado. Tudo parecia resolvido até que, em novembro de 2018, fui fazer o *check-up* anual. E, mais uma vez, a atendente me disse que o PSA não tinha sido autorizado. Eu continuava cadastrado na seguradora como do sexo feminino. Sentia-me como no filme *Feitiço do tempo*, em que o personagem de Bill Murray é condenado a repetir sempre os mesmos eventos. No caso, eu estava condenado a ser mulher.
Expliquei que passara por isso antes, que já havia resolvido o problema e que estava havia treze horas sem comer. Como da outra vez, a supervisora do laboratório foi compreensiva e autorizou a coleta, mesmo sem o OK da seguradora, o que só veio a acontecer mais tarde.
Fui para casa, liguei para a empresa, relatei a situação e contei que já tinha requisitado a troca de sexo nos dois anos anteriores.

Ouvi de volta que não havia registro do pedido. Eu deveria repetir a operação. A boa notícia é que agora o procedimento era mais simples: poderia ser feito diretamente pelo site, sem necessidade de *email*. Dessa vez, pedi a meu corretor que solicitasse a alteração. Há pouco, recebi a confirmação de que o processo foi concluído com êxito. Acabaram-se meus problemas com o PSA — pelo menos, até o próximo exame.

Repolho ou Alface?

O sol dominical convidava a uma caminhada e aproveitei para levar junto a família. Em meio à multidão que ia e vinha na rua fechada para os carros em Ipanema, dei de cara com um conhecido. Cheio de intimidade, disse:
— Oi, Paulo!
Apertamos as mãos, trocamos algumas palavras e voltei para minha mulher, que havia ficado um pouco distante, com meus filhos. Comentei com ela:
— Era o Paulo Miklos.
— Não, era o Charles Gavin — ela me corrigiu.
Gelei. "E agora, vou lá e peço desculpas?", pensei. "Ou deixo pra lá? Ou quem sabe volto com minha mulher e meus filhos para ter a chance de chamá-lo de Charles e torcer para que ele não tenha escutado quando o tratei como Paulo?" Achei melhor esquecer. Afinal, eu falei em alto e bom som, não havia como ele não ter ouvido.
Convém explicar que conheço Charles e sua mulher, Mariana Roquette-Pinto, a Mari, há anos. É uma graça de casal. Às vezes nos encontramos em eventos, como há poucos dias, na festa de um grande amigo em comum. Sem contar que ele é uma figura pública, o que torna meu engano ainda mais incompreensível.
Fiquei matutando e pensei em procurar Charles e pedir-lhe desculpas. Mas achei melhor conversar antes com Mari. Enviei uma mensagem, expliquei o ocorrido e perguntei se ela mesma poderia, mais tarde, transmitir meu pedido de desculpas. Ela, então, me tranquilizou:

— Sempre existiu essa confusão com os Titãs. Afinal, eram muitos. Tanto que, certa ocasião, em Minas Gerais, uma moça viu Charles e Paulo saindo do ônibus e perguntou, naquele sotaque carregado de mineirice: "Vocês é eles?"

O grupo tinha muitos integrantes mesmo. Dos oito originais, só ficaram três: Branco Mello, Sérgio Britto e Tony Bellotto. Charles, baterista, saiu em 2010, e Paulo, vocalista, que desde 2001 concilia a carreira de músico com a de ator de filmes, séries e novelas, deixou a banda em 2016.

Mari contou ainda que estou longe de ser o primeiro a confundir os dois.

— Quando o Paulo fez um de seus filmes, Charles recebeu vários elogios, como de uma pessoa que disse: "Você arrasou!" Uma vez, no metrô, um cara perguntou ao Charles quando ele ia fazer a próxima novela. E olha que o Paulo nem tem bigode.

Os equívocos são tantos, ela diz, que Charles nem desmente para não causar constrangimento. Obrigado, Mari. Continuo constrangido, mas, pelo menos, fiquei mais aliviado.

Não sou o único a cometer esse tipo de engano. Sou solidário a gente como Nina Novello que, em um de seus trabalhos como produtora de shows, chamou Egberto Gismonti de Sivuca. Aliás, Gismonti volta e meia também é confundido com Hermeto Pascoal e vice-versa. Outra dupla que já se acostumou às trocas é Alceu Valença e Geraldo Azevedo. E Joyce e Leila Pinheiro, por sua vez, estão tão habituadas que, numa ocasião, ao dar entrevista ao vivo para a TV, Leila ouviu o agradecimento do repórter:

— Obrigado, Joyce!

Em outro momento da carreira, Nina fez uma salada músico-nominal:

— Na turnê do Gilberto Gil, eu chamava o grande percussionista Repolho de Alface!

Mas ninguém sofre tanto com os equívocos como os irmãos gaúchos Kleiton e Kledir, autores de sucessos como *Deu pra ti*, *Paixão*, *Fonte da saudade* e *Maria fumaça*. Numa noite em que saímos para jantar após participarmos do Festival Literário de Araxá, o Fliaraxá, em Minas, Kledir contou histórias divertidas sobre como ele e o irmão se tornaram quase uma coisa só aos olhos do público. Sua mulher, Ivone, concordou e disse:

— Muita gente me pergunta: "Você é casada com Kleiton & Kledir?"

Certa vez, Kledir autografou um livro que escreveu e a moça estranhou:

— E o outro?

Pior foi quando Karina, filha de Kleiton, na época com uns 8 anos, ouviu a pergunta de um coleguinha de escola:

— Você é filha do Chitãozinho & Chororó?

— Não, sou filha do Kleiton & Kledir — ela respondeu, e não de brincadeira.

Outra situação inusitada aconteceu quando Kleiton se casou com Luciana. O padre perguntou:

— Luciana, você aceita se casar com Kleiton & Kledir?

A cerimônia teve de ser interrompida por cinco minutos, até todo mundo se recompor. Mesmo o padre não parava de rir diante da gafe que cometeu.

Terminado o jantar em Minas, após nos divertirmos com essas histórias, nos levantamos para sair quando fui parado por um homem, que estava numa mesa grande. Ele me apontou Kledir e perguntou se era um escritor. Expliquei que sim, que era o músico e escritor Kledir. Imediatamente as pessoas da mesa apontaram para ele e começaram a comentar umas com as outras:

— Olha ali o Kleiton & Kledir!

Juro, não foi combinado.

Você só escreve ou trabalha também?

Cheguem mais perto que eu quero lhes contar um segredo: sou um ladrão. Antes que alguém chame a polícia diante dessa confissão tornada pública, devo esclarecer que sou um ladrão de palavras alheias, de domínio público, sopradas ao vento, frases soltas ditas por populares em mesas de bar, lanchonetes, ruas, supermercados, praias, elevadores. Há um atenuante: quando é possível dar o crédito, assim o faço. Quando não dá ou quando o interlocutor não permite, eu omito. Ando pela cidade e vou espichando o ouvido até a mesa ao lado, prestando atenção ao bate-papo de colegas, intrometendo-me na intimidade de estranhos na rua, recolhendo falas dos passantes, anotando curiosidades e indiscrições.

Passo por um ambulante que vende morangos na calçada de Ipanema. Ele apregoa seu produto aos berros, caprichando na rima, mas abusando do mau gosto:

— Morango com leite condensado pra chupar gostoso o namorado!

Com esse marketing duvidoso, não creio que tenha vendido muitas caixas. Melhor fez outro vendedor do bairro. A empregada de uma amiga perguntou:

— Quanto é esse morango?

— Isso não é morango — corrigiu o homem. — Isso é *estrobel*.

Apesar da pronúncia capenga, ela entendeu o que ele quis dizer e perguntou:

— Ah, esse morango é inglês?

Ao ouvir que não, a moça comentou:

— Acho que o senhor está inventando.

O ambulante deu um sorriso gaiato e conquistou a freguesa que, apesar do preço alto, acabou levando o *estrobel* — ou *strawberry*. Ou morango mesmo.

Também recebo contribuições de leitores e amigos. Um deles caminhava pelo Centro do Rio quando viu uma rodinha olhando para cima. Logo percebeu do que se tratava. Juntou-se ao grupo que espiava o homem no alto do prédio, indeciso entre pular ou não, até que um brincalhão gritou, desmoralizando o candidato a suicida:

— Desce daí! Tua mulher te botou um par de chifres, e não de asas.

Meu amigo não podia esperar, mas torceu para que o homem tivesse ouvido o gracejo, embarcado no humor e desistido da ideia.

Outro ambulante armou sua banca no Largo da Carioca e começou a anunciar seu produto. Vendia uma espécie de mão que se mexia.

— Já me apresentei no *Se vira nos 30* do Faustão. Não é conversa fiada, não — dizia o pretenso mágico.

Um passante gritou:

— Isso é *caô*!

A resposta veio de bate-pronto:

— *Caô* é sua mulher dizer que aquele filho é seu e você acreditar — respondeu o camelô.

O tal passante saiu de fininho, debaixo de gargalhadas.

Houve ainda o dia em que, no sinal de trânsito, o pedinte se aproximou e solicitou um trocado. Diante da negativa, seguiu para o carro da frente. Sua cadeira de rodas trazia um pedaço de papelão colado na parte traseira com a inscrição: "Como estou dirigindo?"

Mas pouco me adianta colecionar exemplos de sabedoria popular. Servem apenas para entupir bloquinhos de anotação e inspirar uma ou outra crônica. O que não é muito. As palavras são uma mercadoria barata, disponível em tudo quanto é canto, ainda mais em tempos de rede social. E quem vive da escrita, além de passar o tempo pelejando contra as contas e as palavras, ainda enfrenta a incompreensão generalizada.

Lembro de quando minha filha tinha 7 anos e me via trancado no escritório de casa, tentando emplacar algum projeto. Um dia, desabafou:

— Papai vive no computador e não tem emprego. Não entendo isso.

Não é mesmo fácil explicar a uma criança que as iniciativas culturais tomam muito tempo e têm resultado incerto. Como me diz a roteirista Candida Sastre, com bom-humor:

— Não paro de escrever projetos. Preciso de um emprego pra poder descansar.

Um dia desses, saí para tomar um café com a atriz Letícia Isnard. Sou fã de Letícia. O grande público a conhece mais pelos papéis na TV em atrações como *Avenida Brasil*, *Sob pressão*, *Filhos da pátria* e *Malhação*. Mas eu a conheço mesmo é do teatro, onde brilha na companhia Os Dezequilibrados, de Ivan Sugahara, que completou vinte anos em 2019. Marcamos na cafeteria que costumo frequentar para encontros de trabalho. Pelo preço de um expresso, posso passar o tempo que quiser sem ser incomodado. Desde que deixei de ter emprego regular, em 2017, o que não tem faltado são expressos na minha vida.

Letícia diz que, com a classe teatral, acontece a mesma coisa. É inclusive lendário o caso da criança que, ao ser perguntada sobre a profissão dos pais, respondeu:

— Eles fazem teatro e reunião.

Eu me reconheci na fala da menina. Nos últimos tempos, faço jornalismo (pouco) e reunião (muitas, com escassos resultados). Tomara que esse projeto com Letícia vingue. Conto a ela que a crise no meu setor está tão grande que toda hora um jornalista muda de carreira. Dias desses peguei um Cabify e o motorista me reconheceu. Havíamos sido colegas de trabalho no jornal

O Globo. Ele é um ótimo repórter, mas as agruras da profissão o empurraram para o aplicativo de transporte.

Não se trata de um caso isolado. Há muitos colegas talentosos que tiveram de (ou quiseram) optar por um plano B: estão fazendo curso de sushiman, inaugurando restaurante, trabalhando em pousada, abrindo hospedagem de cães na própria casa, criando *design* de estampas científicas.

Uma amiga, Luciane Angelo, é ainda mais original. Deixou o dia a dia das redações e se tornou "coach de relacionamento, educadora sexual e pompoarista". Ensina a melhorar o desempenho sexual, faz *workshops* sobre autoconhecimento e prazer, promove chás de lingerie e vende produtos como vibradores e *kits* Ponto G. Nunca esteve tão feliz. Outro ex-colega, um fotojornalista com quem trabalhei nos anos 1990 no Jornal do Brasil, abriu há dois anos uma *sex shop*. Ele me explica, bem-humorado, a escolha da nova ocupação:

— O que a vida profissional me deu? Pica! Então, depois de levar, era hora de oferecer.

Mas ele diz, abusando dos trocadilhos, que, com a crise, o negócio não cresce. Não há Viagra que dê jeito.

Letícia observa que os aplicativos de transporte são uma boa opção também para a classe artística, que tem muito o que oferecer aos passageiros. A atriz bolou até como seria o serviço de aplicativo cênico. Teria o Uber Ariano Suassuna, com banco de couro e decoração nordestina. No rádio, tocaria frevo e forró de rabeca. E, em vez de balinhas, você ganharia de brinde paçoca e pé de moleque. Dizem que no Pará já tem. No Cabify Contemporâneo, a pessoa viajaria na penumbra num carro cheio de fumaça e com o banco virado para a mala. Já o 99 Shakespeariano viria com caveira cenográfica, coroa e um boneco de bobo da corte em tamanho natural, com direito a motorista declamando sonetos do bardo.

O Easy Nelson Rodrigues teria um cenário de subúrbio, uma miniatura de uma cabra vadia, uma máquina de escrever e um

cigarro de mentirinha. E seria decorado com frases clássicas, como: "O ônibus apinhado é o túmulo do pudor." A atriz e diretora Ana Zettel, por exemplo, só pediria o Táxi Rio Augusto Boal:
— Falo sempre de política com motoristas.

Mas, caso você seja o tipo de passageiro que gosta de viajar em silêncio, optaria pelo Uber Mímica. E por aí vai. Se seria sucesso de público, não sei dizer. Mas vamos combinar que é, no mínimo, original.

É mesmo difícil explicar aos outros o cotidiano de quem não tem trabalho com expediente fixo. Moacyr Scliar narrava a história do escritor que estava sentado, quieto, no jardim quando o vizinho perguntou:

— Descansando, senhor escritor?

Ao que o escritor respondeu:

— Não, trabalhando.

Daí a pouco o vizinho viu o escritor mexendo na terra, cuidando das plantas, e indagou:

— Trabalhando?

— Não — respondeu o escritor —, descansando.

Um amigo instrumentista é solidário a mim. Uma vez, após informar sua profissão, ouviu a pergunta:

— Você é só músico ou trabalha também?

Outra amiga me conta o dia em que sua faxineira, que tinha pouco tempo de casa, chegou e disse:

— A senhora é igual a mim.

— Como assim?

— É que nós duas sustentamos nossos maridos.

Minha amiga estranhou. Ela tinha conhecimento de que o marido da faxineira não queria nada com o batente, passava o dia no boteco, bebendo, jogando baralho, papeando, mas sabia que o próprio marido não tinha nada de vagabundo.

— Mas por quê? — quis saber.

— O marido da senhora acorda tarde todo dia. Aí ele senta, toma café e fica um tempão lendo. Depois se levanta, vai pro computador e passa horas jogando. Mais tarde, recebe uns jovens e fica batendo papo, falando besteira. Assim que eles vão embora, ele senta e fica lendo de novo.

Minha amiga explicou que o marido era professor, que ele orientava seus alunos, que não ia à faculdade porque estava fazendo mestrado, que tinha de estudar muito, que acordava tarde porque dormia tarde. Depois que terminou de falar, a faxineira ficou em silêncio. Olhou minha amiga com cara de "*arrã*, então tá, se a senhora quer acreditar nisso, é problema seu" e se afastou para arrumar a casa.

Maletas, mulatas, muletas

Certa vez, o imperador D. Pedro II quebrou o pé numa queda de cavalo e passou a caminhar de muletas. O assunto mereceu cobertura de todos os jornais, como não poderia deixar de ser. Um deles estampou em manchete que o imperador, após o período de convalescença, havia deixado seus aposentos "amparado sobre duas maletas". O erro de revisão provocou um corre-corre na redação do jornal. Afinal de contas, tratava-se de D. Pedro II. No dia seguinte, saiu publicada na primeira página a correção. Ao contrário do que havia sido noticiado, informava o veículo, o imperador saíra "amparado em duas mulatas".

Lenda ou não, a história ficou. O colunista não é imperador, não merece manchete, não andou apoiado em duas maletas e muito menos em duas mulatas, mas abre espaço para contar um problema pessoal, em vez de falar da greve dos caminhoneiros ou da morte de um sem-terra.

Torcer o pé traz vantagens e inconvenientes. O par de muletas confere um ar de desamparo que atrai olhares e estimula a solidariedade. As palavras de conforto chegam dos cantos mais inesperados, como o pedinte que, esparramado em uma cadeira de praia na calçada de Ipanema, consola:

— *Tá* machucado, doutor? Pode deixar que vai melhorar — diz, com a sabedoria de quem já sofreu de tudo na vida.

Como dizia Rubem Braga, o doente é outra vez um menino e, portanto, tem mais direitos. Direito a paparicos em casa. Direito a não recolher a toalha molhada de cima da cama. Direito a não esperar na fila na hora de justificar a ausência na última eleição por questões de trabalho. Por mais que você queira ficar despercebido no cartório eleitoral, não deixam.

— Pode passar na frente — diz um rapaz.
— Não precisa, obrigado — você se esquiva.
— Vai lá, senão incha — insiste uma senhora.
— Não se preocupe, estou bem — você recusa.
— Não é de brincadeira o machucado, é? Então, você é que nem grávida e idoso, tem preferência — reforça outra.

Melhor aceitar. Portas se abrem com rapidez, mãos aparecem para carregar embrulhos, cadeiras surgem em questão de segundos, afobados moderam o passo para lhe dar passagem, o mundo torna-se mais solidário e afetuoso. Mas a contusão, adquirida num tropeção nada heroico no jogo de basquete, obriga a vítima a reajustar o ritmo do corpo.

Descubro no livro *Entrevistas sobre o fim dos tempos* um elogio à lentidão. Há na Alemanha, inclusive, institutos que ensinam aos clientes como agir lentamente. Dizem a eles: "Pegue seu copo, leve-o aos lábios... mais devagar! Muito mais devagar!"

Outra obra segue a mesma linha. Em *Devagar — Como um movimento mundial está desafiando o culto da velocidade*, que virou fenômeno global, o jornalista canadense Carl Honoré mostra desde *slow food* e *slow sex* até empresas que estão cortando as horas de trabalho dos funcionários. Carl esteve no Brasil neste ano de 2000 e me contou que o vírus da pressa contaminou até os enterros. Disse que nos Estados Unidos (onde mais?) já havia o funeral *drive thru*. O caixão fica na entrada. A pessoa chega de carro, joga as flores pela janela, rende uma rápida homenagem sem sair do automóvel e vai embora, liberando o caminho para o motorista que vem atrás.

Ele também viu uma revista inglesa dedicada a casais que tinha como manchete o título: "Como ter orgasmo em trinta segundos." Nos nove dias de Brasil, Carl passou por cinco cidades. Perguntei se não era curioso um jornalista escrever um livro chamado *Devagar* e não conseguir desacelerar. Ele confirmou:

— A coisa mais paradoxal de escrever um livro sobre a lentidão é que você precisa viajar o mundo todo na maior pressa...
Não pensem que me desviei de meu problema. Volto ao assunto, sem afobação. A bota de gesso tem o mesmo efeito de me ensinar a agir mais lentamente, ainda que a contragosto. O andar torna-se trôpego e instável. A correria só leva a quedas e frustrações. Mas eis que, uma semana depois, o médico anuncia avanços e já me autoriza a trocar as muletas. Agora carrego o pé engessado com a ajuda de uma bengala, que confere um ar mais distinto.

No entanto, mesmo com ela me pareço com João Ubaldo Ribeiro na época em que, por sugestão médica, deixou de lado o sedentarismo, passou a caminhar e decidiu ultrapassar um homem que arrastava a perna esquerda. "Aprendi, por exemplo, que não se deve tentar desafiar um capenga no calçadão, é derrota certa", escreveu. Após se esforçar inutilmente para alcançar o manco, teve de desistir, humilhado. Pois eu, que sempre me orgulhei do passo firme e ligeiro, não vejo também a hora de parar de ficar para trás nas ruas, ultrapassado que sou por crianças, idosos e — por que não? — andarilhos capengas.

"Madona mia!"

— É uma coisinha à toa — diz meu amigo, professor de kung-fu. Gelei. Coisinha à toa costuma ser sinônimo de confusão.

— Como você está indo para a Itália, dá uma passadinha numa loja em Roma e me traz uma espada. Deve ter um monte em volta do Coliseu.

Ele anda assistindo muito ao filme *Gladiador*. Lembrei-me de Fernando Sabino que, dois meses antes de viajar para o exterior, já começava a andar na rua sem olhar para os lados para evitar que lhe fizessem encomendas.

Evidentemente, não havia nenhuma loja em volta do Coliseu. Mas, por acaso, em Florença havia. Depois de bater perna pela cidade, escolho uma réplica de uma espada romana dos tempos de Júlio César. Um espetáculo, e a preço camarada: 80 dólares! O dono da loja me explica que não haverá problema na alfândega — afinal, estamos no começo do ano 2001, e as regras de segurança de avião ainda são bem flexíveis:

— O senhor pode embarcar com ela. É um objeto ornamental, decorativo, sem fio. Não é arma. É catalogado como arte. Vendo muito para turistas.

Saio da loja com o objeto envolto numa caixa de papelão. A espada, pesada, teima em cair no chão. Pior é no trem. Ela não cabe no bagageiro e fica com uma parte pendurada para fora. A cada balançada do vagão, antevejo as manchetes: "Espada de brasileiro tomba e mata velhinha." Óbvio que o embrulho também não cabe na minha mala. No aeroporto, mais contratempos. Acomodo-a na parte de baixo do carrinho, no sentido transversal, e, a cada virada, ela atinge involuntariamente a canela de alguém, gerando olhares tortos e xingamentos.

Na hora do embarque para o Rio, entro na fila da alfândega na esperança de que eu não vá ter problemas, como o vendedor havia me afiançado. O fiscal está relaxado. Sentado numa cadeira, com os pés em cima da mesa, atracado a um pacote de biscoitos, mal olha para a tela de raios-x. "Que bom", penso. De repente, ele se vira, espia o visor e, com os olhos esbugalhados, parece não acreditar no que vê. Dá um salto e exclama:

— Madona mia!

O italiano gesticula, atônito, e informa que tem de despachar.

— É um objeto artístico — alego, reproduzindo o que o vendedor me falou, mas o homem se mostra inflexível: a espada não pode subir a bordo comigo.

Tenho de sair da fila e quase perco o voo tentando despachar a peça. Já no avião, próximo de chegar ao Rio, preencho o papel da alfândega brasileira. Leio a pergunta: "Você está trazendo alguma arma?" As palavras do comerciante vêm à memória, dizendo que é arte, então anoto no formulário que não, não trago arma.

A aeronave pousa e bate aquele pensamento recorrente em qualquer viagem: "Será que minha bagagem vai se extraviar?" Extraviou. Todo mundo recolheu a sua, menos eu. Quer dizer, a mala veio, mas a espada não. A companhia aérea pede que eu preencha uma papelada e me tranquiliza: ela vai aparecer em breve. Alguns dias depois, estou na redação do jornal quando me telefonam de casa com a boa notícia: a espada chegou.

Na volta do trabalho, atraco-me com o pacote, excitado. Abro e dou de cara com um objeto vistoso, leve, cafona e reluzente, semelhante a uma espada indiana, com uma deusa Shiva e seus quatro braços na empunhadura. Ligo para a linha aérea, reclamo da troca e uma mocinha simpática se assusta:

— Isso nunca aconteceu antes! Se é raro perder uma espada, imagina duas!

Significa que há outro pobre coitado procurando sua espada por aí, ao redor do globo. Um funcionário da empresa vai à minha casa, pega-a de volta e avisa que vou receber uma indenização de 60 dólares — dinheiro esse que acabei não recebendo, por conta da burocracia e, mais tarde, da perda do formulário de reembolso que estava num carro que foi roubado. Minha espada? A esta altura, deve estar enfeitando a parede de algum ladrão.

Distraídos sofreremos

Resolvo aposentar o sapato social preto. Comprei-o para meu casamento. Durante alguns anos, foi pouco solicitado. Até que passei uma temporada no Tribunal de Justiça do Estado do Rio de Janeiro, e ele conviveu diariamente com juízes, desembargadores e demais autoridades do Poder Judiciário. Em algumas ocasiões, circulou no gabinete do presidente do TJ.

Por vezes, achei que me apertava, mas devia ser impressão. Ou então era o calor que inchara o pé. Seja como for, ficou gasto, após tantas reuniões de trabalho, palestras, casamentos (o meu e dos outros, é bom frisar) e eventos sociais e profissionais que exigiam traje passeio completo.

Foram dez anos de bons serviços prestados. Era hora de me desapegar. Antes, comprei um novo. Deixei o antigo num canto enquanto pensava na melhor destinação para quem me sustentou de pé nesses anos todos.

No dia seguinte, a diarista viu e perguntou se podia levar para um amigo que calça o mesmo número que eu.

— Claro — respondi.

Antes de levá-lo embora, deu um trato, engraxou e tornou o sapato mais apresentável. No dia seguinte, ela me contou que o amigo tentou calçar e não coube. Ele estranhou e resolveu olhar na sola. A diarista, então, pergunta:

— O senhor reparou que um pé é 40 e outro 42?

Estava explicado o aperto. Jamais tinha me dado conta. A meu favor, diga-se que é difícil imaginar que uma loja vá lhe vender um sapato com um pé de cada tamanho.

Mas é como resumiu minha filha Alice, aos quase 6 anos, referindo-se à minha notória distração:
— Seu cabeça oca.
Ela devia estar falando de algo que esqueci de fazer. O que será que era mesmo? Meus filhos sofrem comigo. Uma das tarefas que tenho pela manhã é passar o repelente neles. Um dia, como de hábito, fui ao banheiro, peguei o produto e abri, mas, na hora de começar a aplicar na perna de Alice, ela me alertou:
— Pai, essa é minha pasta de dentes!
Pelo menos não foi o contrário e eu não estava espalhando o repelente na escova de dentes. Como atenuante, posso alegar que as duas embalagens têm cor parecida, o amarelo.

Viver ao meu lado exige paciência. Como da vez em que preparei uma vitamina. Juntei os ingredientes no liquidificador — tomei cuidado para não colocar a casca da banana em vez da fruta, como já me aconteceu — e liguei o aparelho. Ele balançou, fez um som assustador e deixou vazar o líquido, que se espalhou pela pia e pelo fogão. "Não devo ter encaixado direito", pensei, mas depois percebi que havia esquecido a colher lá dentro. Minha mulher ficou compreensivelmente chateada, já que o liquidificador podia ter quebrado — mais tarde se viu que a lâmina do aparelho ficou arranhada e que a colher, amassada, teve de ser jogada fora.

Faltava limpar a pia e o fogão. Separei alguns pedaços de papel-toalha e comecei os trabalhos sem reparar que uma das bocas estava acesa, esquentando o leite. O papel começou a pegar fogo e corri para jogá-lo na pia. Abri a água e consegui combater as chamas, que se erguiam velozmente. Felizmente minha mulher estava de costas e não viu a cena. Virei-me para a diarista e pedi com os olhos um silêncio cúmplice. Mas o cheiro forte de queimado me denunciou, e minha mulher balançou a cabeça, desanimada, já sabendo que isso faz parte da minha (nossa) rotina.

É um tal de derrubar açúcar no chão, de não saber onde guardei os óculos, de gastar boa parte do tempo procurando onde estão as informações que anotei, de esquecer carteira e celular, de perder caneta, de chegar à rua e ter de voltar para casa.

Dá mesmo trabalho. A cada noite, separo os remédios para tomar antes de dormir. São cinco cápsulas. Deixo-as em cima da pia da cozinha, separo um copo d'água, escovo os dentes e vou tomá-las. Eis que um dia não lembro onde deixei os comprimidos. Na pia, não estavam. Recapitulei todo o percurso que havia feito: cozinha, sala, quarto, banheiro... nada. Muito estranho. Resolvi verificar até em locais onde não lembrava de ter estado. Quem sabe não havia passado por eles sem me dar conta? Lavabo, banheiro das crianças... nada.

Desisti e peguei novas drágeas. Pensei: "Aposto que depois que tomar vou achar as outras. É sempre assim." Não deu outra. Na hora em que engoli o último dos cinco comprimidos, lembrei-me de onde havia deixado os anteriores: na minha barriga. Sim, eu já tinha tomado as benditas drágeas! Não riam que o caso é sério.

O poeta Paulo Leminski batizou uma de suas obras mais célebres assim: *Distraídos venceremos*. Sei não, somos uma turma desunida e que padece solitariamente, ainda que quem esteja próximo também carregue um pouco o fardo de nossa dispersão.

O distraído tem alguns parentes por afinidade — aqueles que são destrambelhados, desajeitados, atrapalhados, desatentos, desastrados. É gente que faz tudo duas, três vezes. Que tem que pedir desculpas pelos atrasos. E que leva sustos permanentes. Como quando estacionei o carro e saí para um exame. Era manhã de sábado. Voltei meia hora depois e enfiei a mão no bolso direito para pegar a chave. Não encontrei. Botei a mão no outro bolso, vasculhei a roupa toda e não a achei. "Perdi", pensei, em pânico. Fiquei matutando sobre onde poderia estar, até que olhei para a porta do automóvel e lá estava ela, pendurada do lado de fora, ao alcance de todos — à época, a chave não era de alarme.

De vez em quando vou procurar meu automóvel no estacionamento apenas para descobrir — após alguns minutos de

ansiedade — que fui de aplicativo ou de táxi. Um dia, na saída do trabalho, fiz sinal para o motorista, entrei no veículo e disse a ele:
— Ipanema, por favor.
Logo em seguida, tomei um susto:
— Ih, eu vim de carro! Por favor, me deixe saltar. Desculpe.
Pior foi o dia, tempos atrás, em que uma namorada ficou de me buscar. Assim que o carro chegou, entrei correndo e fechei a porta. Seria ótimo, se não fosse o carro errado. A pobre da motorista, parada no sinal, deve estar gritando até hoje. E nem dá para pôr a culpa no Insulfilm, já que a película que escurece os vidros dos automóveis ainda não era comum.
Há quem, gentil, tente nos consolar.
— Muitas pessoas de excepcional inteligência eram distraídas — diz um amigo, esquecendo-se do número muito maior de gente medíocre igualmente aérea.
Henriette Krutman, tia de minha mulher, me recomendou o livro *Foco*, de Daniel Goleman:
— Depois de ler, continuo distraída, mas agora sei por quê!
— disse, bem-humorada.
Mais frequente, porém, é ouvir que somos cabeças de vento, que vivemos no mundo da lua. O que é simples para as pessoas comuns vira uma epopeia para nós. Como quando vesti uma bermuda, uma camisa e um tênis e saí para encontrar dois amigos. No caminho, procurei a carteira para pegar o cartão do metrô. Só encontrei o celular e as chaves. Voltei às pressas para casa, mas nada de achar a carteira. OK, estou atrasado, melhor procurar com mais calma ao retornar. Peguei dinheiro suficiente para as passagens e para a conta da cafeteria, e saí.
Encontrei-me com meus amigos, discutimos um projeto em comum e, uma hora e meia depois, voltei para casa. Catei a carteira nos lugares mais óbvios: sofá, poltronas, mesas, cadeiras, debaixo dos móveis, nos banheiros, nos quartos, na sala, na cozinha. Estendi a busca para um local improvável: a lata de lixo orgânico — vai que Eric, de 3 anos, resolveu que ali era o espaço adequado para guardar o objeto (já teve época que ele pensava

assim e, quando flagrado, atribuía a culpa a um amigo imaginário). Sem sucesso.

Fiquei apreensivo, pensando no custo, no aborrecimento, no trabalho e na burocracia que teria para cancelar cartões e refazer documentos. Rememorei a última vez que a vi. Tinha sido no dia anterior à noite, quando saíra para comprar uma pizza. Fui até o restaurante, mas ninguém tinha visto. A essa altura, minha mulher já havia chegado em casa e procurado também. Até dentro do fogão ela tentou. Afinal, eu tinha esquentado a pizza. Vai que... Não estava, assim como não estava em lugar nenhum, como ela me avisou por telefone. Voltei resignado da pizzaria até que, no caminho, resolvi me apoiar nos quadris para descansar. A mão direita esbarrou no bolso de trás da bermuda e percebeu algo familiar. A carteira estava lá todo o tempo. Não reparei nem quando me sentei na cafeteria com meus amigos. E olha que ela estava robusta, cheia de cartões de visita.

Há quem recorra a São Longuinho. Na tradição popular, ele é invocado para encontrar objetos perdidos. Você dá três pulinhos e faz seu pedido. Nunca me vali do santo. Talvez por isso viva às voltas com as perdas.

Fernando Sabino elaborou uma teoria para esses sumiços. A culpa está no Caboclo Ficador e no Caboclo Escondedor. A primeira entidade é responsável pelo esquecimento em casa das chaves do carro, da carteira e dos óculos. A segunda é culpada pelo desaparecimento temporário de isqueiros, meias, canetas e afins. E há uma entidade ainda mais terrível, o Buraco Negro, uma espécie de limbo que engole em definitivo os objetos. Sabe aquele brinquedo de infância perdido, aquele documento antigo, aquele retrato esquecido? Estão todos lá. No meu caso, as três criaturas vivem aprontando.

E assim vamos levando a vida, torcendo para que os Titãs tenham sido proféticos ao cantar: "O acaso vai me proteger/ Enquanto eu andar distraído..."

São Nelson

O ano de 1968 não terminou bem para minha tia Zenir. Aos 38 anos, ela ficara viúva em abril, quando meu tio Jair morreu de câncer no pulmão, após meses hospitalizado. Mais tarde, em dezembro, logo após o AI-5, foi a vez de seu irmão Zuenir ser preso. Três agentes haviam chegado lá em casa pela manhã. Dois deles subiram e um terceiro ficou embaixo, esperando. Eram simpáticos, conversaram comigo, mas estranhei quando meu pai foi para o quarto se arrumar e voltou com uma sacola de roupas. Eu tinha 5 anos e perguntei:

— Ué, pai, você vai viajar com eles?

Ele me tranquilizou:

— Vou, mas papai volta logo.

Levou quase três meses para retornar.

Nesse período, passou por três prisões. Levado para "prestar esclarecimentos", inicialmente ficou detido na Seção de Ordem Política e Social (Sops), uma delegacia da Polícia Federal instalada na Praça XV. Em seguida, foi para o Regimento de Cavalaria Caetano de Faria, da Polícia Militar, no Estácio. Por fim, acabou no 5º Batalhão da PM, na Praça da Harmonia.

Um ou dois dias depois que meu pai foi conduzido pelos agentes para o Sops, minha mãe foi ver como estava o marido. Junto com ela seguiu meu tio Zé Antônio. Os dois levaram escova, pasta de dente e mais roupas para ele. Também acabaram encarcerados, sabe-se lá por quê. Assim que viu a mulher e o irmão serem presos, meu pai explicou para o delegado Joaquim Cândido da Costa Sena que sua filha — minha irmã Elisa, à época com 4 anos — estava com coqueluche, tendo acessos de tosse.

— Isso é problema seu — foi a resposta seca.

Minha tia, que já cuidava sozinha das duas filhas, teve de passar a tomar conta também de mim e de minha irmã. Um dia, uma amiga nossa da Urca, Claudia, disse a ela, a respeito de outro vizinho, um militar do Exército:

— Esse coronel está paquerando você.

Minha tia desconversou:

— Para com isso, Claudia!

Mas ela insistiu:

— É, sim. Quando você passa, ele fica olhando.

Ela não deu bola. Até que, desesperada pela falta de informações e apavorada com o destino dos parentes, bateu à porta da casa dele e explicou a situação:

— Meus dois irmãos e minha cunhada foram presos, não sei onde estão. Minha sobrinha está doente, estou sem notícias.

Ele prometeu apurar:

— Fique tranquila, vou ver o que posso fazer.

À noite, o militar foi lá em casa e contou que os três estavam no Sops. Minha mãe passava o dia sentada num banco na delegacia, e à noite dormia numa cama de vento que era armada na sala do delegado. Já meu tio Zé Antônio ficou na carceragem, no porão, dormindo no chão.

Após poucos dias, os três foram transferidos. Meu pai, para o Regimento Caetano de Faria. Meu tio e minha mãe, para o Departamento de Ordem Política e Social (Dops). Ela ficou no presídio São Judas Tadeu, localizado no andar térreo, num pavilhão com outras trinta mulheres. Assim que chegou, uma das presas ofereceu a opção de ficar na cama de cima ou na de baixo do beliche.

— Qual a diferença? — ela perguntou.

— Na de cima tem baratas, na debaixo tem ratos.

Apesar do pavor de baratas, optou pela de cima. Mas, prudente, não dormia com a cara virada para a parede. Ela dividia espaço com presas comuns. A maioria delas, traficantes que alegavam:

— Eu *tava* tomando café no botequim, alguém chegou, botou um pacote ali, a polícia veio e achou que era meu.

Mas uma detenta contava, com naturalidade:

— Eu pedi dinheiro emprestado pra patroa. Minha filha pequena *tava* doente e eu precisava comprar remédio. Ela negou. Peguei o fio da enceradeira e enforquei.

O crime foi muito comentado à época.

Entre as prisioneiras, havia mães recentes, assim como bebês que ficavam em caixas de papelão. Minha mãe tinha como tarefa limpar a privada.

— Tem lacraias, cuidado — avisaram.

Por sorte, ela tinha uma rede de solidariedade que a ajudou. Amigas como Ceres Feijó e Maria Clara Mariani levavam biscoitos, doces e outros alimentos. Não podiam vê-la, já que estava incomunicável, mas ela recebia os produtos e distribuía entre as colegas de cárcere. Também começou a ensinar as presas a fazer tapete. Assim, ficou liberada por elas da limpeza.

Quem dirigia o São Judas Tadeu era um casal espírita. Às cinco da manhã eles batiam palmas e gritavam:

— Acordem, senhoras!

Naquela época, a moda era minissaia, e, quando as amigas de minha mãe iam até lá, os dois as repreendiam:

— Ponham essa toalhinha, por favor.

Ceres morava no Leblon, no mesmo prédio do general Costa Cavalcanti, de quem era vizinha de porta. Um dia, foi ao apartamento dele e suplicou:

— General, eu tenho uma amiga que está presa. Ela não fez nada. Tem dois filhos pequenos, e a menina está doente.

O militar respondeu:

— A senhora garante que ela não fez nada?

— Garanto. Ela é minha amiga. Não tem inquérito nenhum contra ela.

Ele confirmou a informação e assim, após cerca de um mês, ela foi liberada e posta em prisão domiciliar:

— Depois de certo tempo, percebi que não havia ninguém tomando conta e fui à padaria — recorda minha mãe. — Não aconteceu nada, e comecei a sair.

Até porque não havia nenhuma acusação contra ela. Meu tio tinha sido solto dias antes. No Dops, havia um pouco de tudo: presos políticos, bicheiros, travestis.

— O barulho de tranca da cela me marcou muito — ele relembra.

Após mais ou menos três semanas, foi chamado e levou um sermão de um policial:

— Você é comunista, estamos de olho.

Meu tio ainda hoje se espanta:

— Eu era diretor de fotografia, trabalhava com cinema, não tinha qualquer ligação com política.

Foi liberado, mas, se viajasse, precisaria pedir autorização. Pouco depois, seguiu para a Itália a trabalho e ficou cerca de um ano.

Eram tempos difíceis. Eu perguntava muito:

— Tia, meus pais não vão voltar?

Não pudemos ver minha mãe na cadeia, mas depois tivemos autorização para visitar meu pai uma vez por semana.

— Eu saía da prisão arrasada — diz minha tia atualmente.

O Regimento era comandado pelo coronel Quaresma. Os presos acordavam com o toque de alvorada dos soldados, tomavam café e faziam exercícios físicos. Tinham direito a quinze minutos de banho de sol, que depois pôde ser usado para jogar basquete. Um dia, meu pai e o psicanalista e poeta Hélio Pellegrino decidiram fazer uma reinvindicação ao diretor:

— Coronel, o Ziraldo está no Dops e nós precisamos dele aqui para reforçar o nosso time.

Era um pedido insólito, mas eles se empenharam tanto que foram atendidos: no dia seguinte, Ziraldo era transferido para lá.

Nas nossas visitas à prisão, meu pai tinha medo de que ficássemos traumatizados. Dizia para minha irmã, tentando mostrar o lado bom:

— Elisa, imagina. Isso aqui é ótimo! Dá até pra jogar basquete!

Só que, como ele veio a descobrir muitos anos depois, isso teve efeito oposto: na cabeça dela, o pai achava tão boa a prisão que tinha escolhido permanecer lá, em vez de ficar em casa. Ela pensava: "Se está ótimo lá, ele não vai mais querer voltar."

Meu pai e Hélio dividiam a mesma cela. Passavam os dias conversando sobre o país, a política, a literatura, a prisão.

— Foi um privilégio tê-lo como companheiro de cadeia. Todo mundo pagava uma fortuna para fazer análise com ele, e eu tive de graça — conta meu pai que, mesmo nas circunstâncias mais adversas, não perde o bom humor.

De vez em quando, um ajudava o outro a subir até uma pequena janela gradeada no alto, de onde podiam ver o sol. Certo dia, um tenente interrompeu a pelada e disse ao grupo de presos:

— Agora é nossa hora de jogar.

O mineiro Hélio tentou argumentar:

— Mas, tenente, só temos quinze minutos por dia!

O militar reclamou que tinha sido desacatado. Hélio e meu pai foram transferidos para o Batalhão da PM como punição. Ficaram isolados, em celas dispostas lado a lado. Meu pai tinha escutado falar, quando criança, que se você botasse um copo na boca e encostasse na parede ele funcionaria como uma espécie de microfone: a pessoa do outro lado ouviria o que você dissesse. Ele tentou, mas não deu certo. Todo mundo ouvia seus gritos, menos Hélio, e os guardas vinham saber o que estava acontecendo.

Ainda no Regimento Caetano de Farias, quem visitava Hélio todo dia — até no Carnaval — era Nelson Rodrigues. Os dois eram grandes amigos, apesar das divergências ideológicas. Nelson apoiava o regime militar, enquanto Hélio era de esquerda — foi, por exemplo, orador na Passeata dos Cem Mil. Só que Nelson fez parecer maior o papel de Hélio na vida pública do país. Com o exagero caricatural que lhe era habitual, costumava ironizar em suas crônicas o engajamento político do amigo. Dizia que "o verbo de Hélio movia montanhas" e apelidava-o "homem-comício".

Os militares acreditaram e prenderam o poeta. O dramaturgo sentiu-se tão culpado que fez de tudo para libertá-lo.

Nas primeiras vezes em que Nelson entrava na cela, meu pai lhe virava as costas, alegando que não queria conversa com um reacionário que elogiava a ditadura e tinha amigos generais.

— Não quero falar com esse cara — justificava.

O psicanalista dizia-lhe que era ridículo ficar de costas, estando todos na mesma cela. Explicava que o escritor era um "personagem de si mesmo". Aos poucos, meu pai foi entendendo as contradições daquela figura genial, de quem mais tarde também se tornou amigo.

Nelson continuou visitando Hélio depois que ele foi transferido para o Batalhão da PM, e intercedeu junto ao general Henrique de Assunção Cardoso, chefe do Estado Maior do I Exército, para libertá-lo. Alegava que Hélio era seu amigo de infância, "uma cotovia", "um homem com alma de passarinho".

— Como um homem desses pode ser um perigoso condutor das massas? — questionou.

Por fim, o general se convenceu e decidiu soltá-lo. Nelson, animado, foi levar a boa notícia ao psicanalista, que bateu o pé:

— Eu só saio com o Zuenir.

Nelson respondeu:

— Mas, Hélio, o Zuenir, essa doce figura, se ele sair daí será que não vai colocar uma bomba no quartel?

Nelson, claro, logo se convenceu. Faltava dobrar o general. Dias depois, o dramaturgo levou minha mãe e Maria Urbana, mulher de Hélio, até Assunção Cardoso, para contar que o psicanalista só sairia com meu pai. Durante a conversa, minha mãe volta e meia cutucava Nelson e sussurrava:

— Fala do Zuenir, fala do Zuenir!

Ele, enfim, falou:

— Zuenir também é uma cotovia, general! É um passarinho sem céu! É também meu amigo de infância!

Apesar do apelo enfático, o general pareceu duvidar da afirmação:

— Doutor Nelson, estou disposto a acreditar que o doutor Hélio Pellegrino seja o seu amigo de infância. Mas tenho informações de que o senhor conheceu Zuenir Ventura na prisão. Como pode ser seu amigo de infância?

O autor de *Vestido de noiva* não estava preparado para a pergunta. Maria Urbana salvou-o:

— Ele está dizendo isso no sentido figurado, general. Quer dizer que é como se fosse amigo de infância.

Assunção Cardoso quis saber então se o dramaturgo se responsabilizava pelos dois, e, diante da concordância, o psicanalista e o jornalista que anos depois escreveria o clássico *1968 — O ano que não terminou* deixaram, enfim, a prisão, em março de 1969. Uma prisão a que meu pai foi submetido, sem culpa e sem provas, por simples denúncia de um aluno de uma turma da qual seria paraninfo.

O ambiente naquele período era de tanto terror e paranoia que, anos depois, ele consultou sua ficha no Dops e viu o tamanho do equívoco. Depois que foi solto, chegaram a achar que era a pessoa encarregada pelo Partido Comunista de controlar a imprensa, decidindo quem seria admitido ou demitido dos jornais. Logo ele, que não tinha militância política nem era filiado a partido, muito menos combateu o regime pelas armas. Era professor universitário e jornalista, e participou de assembleias e passeatas, como tanta gente que queria a volta da democracia. Mas, numa ditadura, pensar diferente costuma dar cadeia.

Apesar dos riscos por que passou, meu pai sempre recusou a vitimização. Não diz que o período no cárcere foi um horror — na época, logo após o AI-5, a tortura ainda não era comum —, mas também não suaviza. Havia uma tensão permanente no ar. Nas transferências de prisão, diziam apenas a ele:

— Arrume seus pertences.

Não davam explicações e não se tinha ideia do que ia acontecer. Felizmente, ele conseguiu voltar para nós, ao contrário de tantos outros. Difícil imaginar que alguém possa sentir saudades daqueles tempos.

OS INVISÍVEIS

João e Maria da Maré

Ouvi falar de João Aleixo pela primeira vez em 2013, ao visitar o Complexo da Maré para conhecer um grande polo educacional que estava sendo construído no maior conjunto de favelas do Rio, formado por dezesseis comunidades e com 130 mil moradores. Quem estava à frente da iniciativa era o geógrafo Jaílson de Souza e Silva. Ele me contou que o instituto mantenedor do projeto se chamava Instituto João Aleixo de Souza. Perguntei, claro, quem era o homenageado. Ele disse:

— É um nordestino semianalfabeto que mora na comunidade. Ele é casado com uma mulher também semianalfabeta. Os dois tiveram seis filhos, cinco mulheres e um homem. Pois seu João fez questão de que todos fizessem universidade, o que, de fato, aconteceu. Ou seja, esse nordestino semianalfabeto morador da favela quis que até as cinco filhas fossem universitárias.

Os instintos jornalísticos logo se aguçaram e pensei em entrevistar esse homem que batizava o complexo cultural e educacional. Mas aí veio a má notícia: seu João estava com Alzheimer. Não sabia nem que era o homenageado num projeto que iria transformar a vida de tanta gente.

Ao narrar essa história no blog que eu mantinha em O Globo, chamado *DizVentura*, os leitores me pediram que contasse mais sobre seu João. Alegaram que, apesar da doença neurodegenerativa — além da perda da memória, ele não tinha controle corporal e sequer levantava da cama —, eu poderia recorrer à mulher e aos filhos para traçar o perfil. Mas o tempo passou, as demandas do dia a dia se impuseram e acabei tendo de arquivar a ideia.

Mais de seis anos depois, quem está diante de mim é João Aleixo, ou Joca, como é mais conhecido. De 2013 para cá, muita coisa mudou. A começar por sua doença, que foi diagnosticada errada. O que ele tem é Demência com Corpos de Lewy (DCL), muitas vezes confundida com Alzheimer ou Parkinson. O diagnóstico correto e a medicação adequada fizeram com que Joca tivesse uma melhora sensível e conseguisse recuperar sua história. Econômico nos gestos e nas palavras, ele contou com a ajuda de um dos genros, justamente Jaílson de Souza.

E que história. Ele nasceu há 85 anos na cidadezinha de Serra Branca, na região do Cariri, interior da Paraíba. Casou-se aos 22 anos com a vizinha Maria, de 20, que morava na mesma Rua dos Sete Pecados. Foram doze gestações, das quais só seis crianças sobreviveram. O primogênito, Hélio, morreu com seis dias de vida e transferiu seu nome para o segundo filho a nascer. Em sequência, vieram as cinco meninas: Ana Inês, Eliana, Eliene, Elza e Elionalva.

Em sua cidade natal, ele tinha um pequeno negócio, um misto de restaurante e hospedaria. Mas decidiu migrar para o Rio, empurrado pela seca, afetado por uma úlcera que o impedia de trabalhar tanto e motivado pelo desejo de ampliar as oportunidades educacionais dos filhos. Em fevereiro de 1970, chegou à Nova Holanda, uma das favelas da Maré. Instalou-se e, quatro meses depois, trouxe o restante da família. Os oito integrantes se espremeram em pouco mais da metade de um barraco de madeira de 50 metros quadrados. No resto do espaço, ele abriu seu armarinho.

Dono de um extraordinário tino comercial, logo prosperou e criou a loja mais bem-sucedida da favela. O segredo era preço baixo, variedade de produtos e trabalho duro — àquela altura, já tinha operado a úlcera e mantinha o comércio funcionando das 7h às 23h, de domingo a domingo. Só fechava num dia do ano, 1º de janeiro. Quando não tinha uma mercadoria, anotava e encomendava.

— Aparecia uma mulher e dizia: "Moço, tem henê pra esticar o cabelo?" Eu nem sabia o que era, mas pedia ao fornecedor — lembra Joca.

Assim, além dos produtos habituais de um armarinho, passou a vender um pouco de tudo: papelaria, brinquedos, alimentos enlatados, bebidas e cigarros, entre dois mil itens. Era uma empresa familiar. À medida que chegavam aos 13, 14 anos, as filhas passavam a ajudar durante três horas por dia. Mas o foco de Joca e Maria sempre foi outro.

— Tínhamos o armarinho, mas pra mim o mais importante era que meus filhos estudassem — conta.

Pouco a pouco, Joca foi melhorando de vida. Ainda na década de 1970, já comprara uma linha telefônica — somente um ou outro morador da favela também tinha. Seu aparelho servia para falar com os parentes de sua cidade.

— Nunca perdi o vínculo com minha terra natal — diz.

Generoso, permitia que ele funcionasse como uma espécie de telefone comunitário, sendo usado por toda a vizinhança. Em 1991, Joca se aposentou e resolveu voltar com Maria para Serra Branca. Lá, inquieto como sempre, inaugurou o melhor hortifrúti da região e virou presidente dos Vicentinos: a ligação com a Igreja Católica já era forte em Nova Holanda, onde ele e Maria haviam se tornado lideranças religiosas locais. Em sua cidade, o casal organizou um mutirão para reformar a capela e ampliou o abrigo para idosos e pessoas com transtornos mentais. Em 2013, os dois voltaram ao Rio e passaram a morar no Engenho de Dentro.

O nome de João Aleixo veio naturalmente à cabeça de Jaílson na hora de batizar o instituto. Menos por ser casado com sua filha Eliana e mais pela afinidade entre a trajetória do sogro e o perfil da organização, responsável pela UNIPeriferias, que forma especialistas vindos de comunidades periféricas sobre temas que as concernem por meio de publicações, cursos, pesquisas e ações — entre elas, o prêmio Mestre das Periferias, conferido em 2018 a Conceição Evaristo, Marielle Franco (*in memoriam*), Nêgo Bispo e Ailton Krenak.

De 2013, quando estive pela primeira vez com Jaílson, para cá houve outra mudança significativa. A instituição, que celebrava somente Joca, passou a se chamar Instituto Maria e João Aleixo (IMJA). É que Maria faleceu em 2014, após uma cirurgia malsucedida no estômago que a levou ao Centro de Tratamento Intensivo, onde pegou uma septicemia.

— Maria era uma mulher alta, forte e bonita. Ela tinha nove irmãos, só ela de menina. Teve a vida toda marcada pelo trabalho. Cuidava da família e trabalhava para o armarinho — conta o geógrafo.

Faz mesmo sentido ele ter escolhido os nomes dos sogros, "donos de uma imensa humanidade e capacidade de serem generosos e de se abrirem para viver em comunidade", como Jaílson diz, para batizar seu projeto.

— Nós somos a primeira geração da Maré a cursar a universidade. Nenhum de nós seria o que é sem os pais. O instituto mostra a importância de nunca perdermos nossas origens, de saber de onde viemos. Maria e João expressam toda essa potência que as favelas têm, elas que normalmente são vistas como local de carência, caos, violência.

Uma potência que se expressa na maneira como um homem que cursou apenas até o correspondente à quarta série do Ensino Fundamental e sua mulher, que concluiu somente o antigo Primário, conseguissem levar todos os seis filhos ao diploma universitário na década de 1970.

— Ainda hoje isso é um feito raro numa favela, imagine na época — diz Jaílson, autor de *Por que uns e não outros?*, estudo pioneiro sobre o sucesso escolar de jovens pobres que mostra como, nos anos 1990, só 0,5% das famílias da Maré tinha chegado à universidade, em comparação com a média de 16% no Rio.

Já na família de Joca e Maria o percentual foi de 100%. Hélio virou engenheiro, foi secretário municipal de Desenvolvimento Social do Rio e secretário municipal de Cidades de Nova Iguaçu. Ana Inês é enfermeira, tem doutorado em Saúde Pública e é professora titular da Universidade Federal do Rio de Janeiro. Formada em Letras, Eliana fez doutorado em Serviço Social, é professora catedrática da Universidade de São Paulo e diretora da Redes da Maré. Eliene cursou Psicologia, foi diretora adjunta de escolas municipais, aposentou-se como professora da rede pública e toca o armarinho com o marido. Elza é assistente social. E Elionalva fez Pedagogia, tem mestrado na Fundação Getulio Vargas e é diretora do Observatório das Favelas.

E a geração seguinte segue na mesma direção. Dos quinze netos de Joca e Maria, todos cursaram ou estão cursando a universidade, com exceção de uma menina que ainda não tem idade suficiente e de um menino que tem síndrome de Asperger.

Joca se diz contente em ter sido lembrado e ter sua história reconhecida:

— E Maria certamente também teria ficado bem feliz com essa homenagem.

Luiz e as pipas I

Eric, meu filho, volta de uma festa infantil com duas pipas que ganhou de brinde. Está fascinado e me pede ajuda. Olho aquele brinquedo de papel e madeira e não sei nem por onde começar. Pego a rabiola — não sei como fui me lembrar da palavra — e tento encaixar numa das pontas. Minha mulher me avisa que é no lado oposto.

Como muitos garotos da Zona Sul criados com Toddynho, eu nunca soltei pipa, nem no ventilador. Desisto e repito o que sempre digo quando ele e a irmã me pedem algo que exija conhecimentos técnicos:

— Fala com vovô Jô.

Vovô Jô, o Joviano, é o avô MacGyver, aquele que resolve os problemas práticos: consertos, ajustes, montagens, desmontagens. No dia seguinte, na casa de Joviano, está também um amigo dele. Juntos, os dois botam as rabiolas e as linhas. Aos 3 anos, Eric se empolga e faz suas primeiras tentativas no quintal. Fracassa, talvez por falta de vento, quem sabe por falta de prática.

Voltamos para casa sem que ele se desgrude dos dois brinquedos. Mas não é fácil soltar pipa na sala de um apartamento, e as duas agora repousam no chão, enroladas uma na outra, com os fios e rabiolas irremediavelmente embolados.

Pouco dias depois, vou a Vigário Geral para gravar um programa de TV. Percorro algumas ruas, vielas e becos da favela. A sensação é a de que cada criança está soltando pipa. É a brincadeira preferida dos pequenos moradores num ambiente tão carente de opções de lazer. Eles mostram destreza e exibem um sorriso de contentamento.

É assim em todas as comunidades da cidade. Como no Complexo do Chapadão, em Costa Barros, Zona Norte do Rio. Lá, Luiz Rodrigo Costa Santana tem na pipa sua brincadeira favorita.

— De manhã cedinho ele já bate na minha casa pedindo uma — diz o tio do menino, Matheus, de 15 anos.

Um dia, Luiz está brincando com o irmão mais novo quando encontra um objeto na rua. Como toda criança, fica curioso. É uma granada. Isso mesmo: havia uma granada largada em plena rua. Segundo se lê nas reportagens de Dayana Resende, em O Globo, e Diego Valdevino, de O Dia, o artefato explodiu e Luiz, o pequeno Luiz, de apenas 3 anos, mesma idade de Eric, teve a mão direita amputada. A avó do menino conta:

— Depois da explosão, ele chegou até mim, consciente, e disse: "Vovó, achei a bola no chão, mas, quando peguei pra brincar, machucou minha mão."

É de cortar o coração. Chorar mesmo. A avó completa:

— Ele é um garoto muito bom, carinhoso, meigo e estudioso. Hoje, infelizmente, não teve aula, senão ele estaria na escola e essa tragédia não teria acontecido.

Por que não houve aula, não sabemos. João Baptista, avô do menino, conta que também saiu correndo de casa ao ouvir a explosão:

— Encontramos ele sangrando, sem a mão.

Penso com carinho no meu filho Eric, que ainda terá a vida toda para aprender a soltar pipa. Penso com imensa tristeza no menino Luiz, que nunca mais poderá soltar pipa. Penso com felicidade no vovô Jô, que resolve todos os problemas práticos de Eric. Penso com abatimento em seu João, avô de Luiz, que encontrou o neto ferido. Penso com raiva nos políticos, nos policiais, nos bandidos e em nós, moradores do Rio, que deixamos as favelas chegarem a esse ponto. E penso com indignação — e autocrítica — em como conseguimos conviver com uma cidade tão desigual.

Luiz e as pipas ll

Luiz Rodrigo é um menino irrequieto e sorridente. Enquanto conversamos, ele pergunta se pode pegar meu bloco e anotar seu nome. Digo que sim. Ele não é canhoto, mas usa a mão esquerda por falta de opção, desde que teve que amputar a mão direita após a explosão de uma granada, em 2016.

— Por sorte, ele já tinha aprendido a escrever com as duas mãos na escola — diz a mãe, Vanessa Costa.

A professora de Luiz, que está na terceira série do Ensino Fundamental, mostra-se impressionada:

— Ele se supera mais no dever do que os outros alunos.

Passaram-se três anos desde que li nos jornais sobre o episódio e escrevi sobre a dor de ver uma criança da idade de meu filho passar por experiência tão traumatizante. Agora decidi conhecer Luiz pessoalmente. Não foi nada fácil. A família Costa é naturalmente desconfiada. Reclamam que o assédio da mídia era permanente na época da tragédia. É a primeira vez que dão detalhes do caso. Eles aceitaram me receber graças à intermediação de um diácono (assistente do pastor) da igreja evangélica Vale da Bênção, Ivan Pedro Alves, que era presidente da Associação de Moradores quando Luiz ficou ferido.

Ao chegar à comunidade Chico Mendes, no Complexo do Chapadão, descubro, para minha surpresa, um menino independente a ponto de amarrar o cadarço do tênis sem ajuda; que lava louça, varre a casa, faz a cama, dobra a coberta, leva o lixo para fora, vai ao mercado, come e toma banho sozinho.

— Ele é prestativo e esforçado — atesta a avó, Odineia, de 55 anos.

Luiz completou 8 anos no dia 7 de novembro de 2019 — na época da tragédia, ele tinha 4, e não 3 anos, como se pensava. Espevitado, sobe os pés de jaca e de manga perto de casa. Também anda na bicicleta sem rodinhas do primo: apoia o braço com deficiência no guidão e guia com o esquerdo. E, como acontece com os garotos de sua idade, joga futebol. Sua posição favorita, por mais inacreditável que seja, é a de goleiro.

— Ele agarra muito — testemunha o irmão mais novo, Luiz Fabio, de 5 anos.

Aos 25 anos, Vanessa tem ainda outra filha, Katheryn Victoria, de 9. O pai dela e de Luiz foi embora quando o menino tinha oito meses. Já Fabio é fruto de um relacionamento posterior, também terminado. Após o nascimento do caçula, ela fez laqueadura de trompas.

Odineia vive num barraco de sala, cozinha, dois quartos e um banheiro junto com o marido, João, cinco dos treze filhos e dois dos 25 netos. Um desses cinco filhos, Jefferson, de 23 anos, tem síndrome de Down. E um desses dois netos, David, de 11, nasceu com um problema nos pés e não anda. Ela sonha com uma cadeira de rodas para David.

— É tanto parente que se fizer festa não precisa convidar ninguém — brinca.

Perto dali está a moradia de Vanessa. A comunidade Chico Mendes fica numa das áreas mais violentas do Rio. Durante a conversa, ouço o barulho de uma explosão.

— Parece bomba caseira — diz Odineia, já habituada à trilha sonora da violência.

— Quando não é tiroteio de dia, é de tarde. Quando não é de tarde, é de noite. Quando não é de noite, é de madrugada. Às vezes, as crianças ficam dois, três dias sem aulas — acrescenta Vanessa.

A granada foi encontrada por Luiz e por Fabio numa escada, quando os dois estavam indo da casa da avó para a casa da mãe. Naquele dia era ponto facultativo na escola e não havia operação policial na favela. Fabio pegou o objeto, pensando tratar-se de uma bolinha de futebol. Luiz tomou o artefato de suas mãos e ele explodiu. Os estilhaços atingiram o rosto de Fabio.

— Ficou cheio de bolinhas na minha cara, doeu muito — relata, contando que caiu.

Na hora da explosão, Luiz se perguntou:

— O que aconteceu com a minha mão?

Ainda assim, preocupou-se com Fabio. Achou que ele tinha desmaiado e gritou:

— Meu irmão! Meu irmão!

O primeiro a acudir Luiz foi um vizinho, que o levou em direção à casa de Odineia e de João. Eles já estavam do lado de fora, pois ouviram o barulho. Luiz veio andando e em momento algum perdeu os sentidos, mesmo com a mão pendurada. Seguiram para a Unidade de Pronto Atendimento, de onde a avó e o neto foram de ambulância para o Hospital Salgado Filho, no Méier. Vanessa tivera uma crise de pressão alta e desmaiara. O menino chegou lúcido e contou o que havia acontecido. A cirurgia durou uma hora e dez minutos, e não houve como evitar a amputação.

Em meio ao drama, Odineia teve de depor na delegacia, acompanhada de Vanessa, dois dias após a internação do menino, que passou uma semana no hospital.

— Fui muito maltratada lá. Disseram que eu escondia a granada na minha casa e que tinha botado a bomba na mão do meu neto pra ele jogar fora.

A família passa por muitas dificuldades. Os cuidados com as duas crianças que têm deficiências físicas e com o rapaz com síndrome de Down, junto com o valor do aluguel, consomem quase todo o orçamento — um salário de benefício por conta de Luiz, outro por causa de Jefferson e o Bolsa Família que Vanessa ganha.

— Aqui, só Jesus — diz ela, frequentadora da igreja evangélica Deus é Amor, sobre a ausência do Estado.

Apesar da explosão, a família acha que o menino não ficou traumatizado. O barulho, por exemplo, parece não afetar o garoto.

— A psicóloga da ABBR [Associação Brasileira Beneficente de Reabilitação] ficou impressionada com a mente dele — observa a mãe.

O menino esteve na instituição de reabilitação, e, à época em que este texto foi escrito, ia ganhar duas próteses estéticas, uma delas de reserva; ele só usará a prótese funcional mais tarde, quando crescer. Luiz, que é chamado de Budinha pela família — ele hoje é magro, mas quando criança era gordinho —, só não gosta quando os colegas mexem com ele, como quando um deles o apelidou "Mãozinha".

— Eu digo: "Não liga, não, fala que pode acontecer com eles também" — conta Odineia, ciente dos riscos que afetam quem mora na favela.

Tanto que agora pede ao neto para tomar muito cuidado e não mexer em mais nada que vê no chão.

Ao olhar Luiz, lembro-me mais uma vez de meu filho. E me ocorre uma coincidência a que não havia atentado em 2016, quando escrevi sobre o caso pela primeira vez. É que Eric, na verdade, chama-se Eric Henri, batizado assim em homenagem a um bisavô materno. Quando servia no exército israelense, Henri perdeu o antebraço e a mão direita ao tentar tirar um obus que não disparara após ser colocado num morteiro. Mas a deficiência não impediu que levasse uma vida autônoma.

A certa altura, pergunto a Luiz o que ele quer ser quando crescer.

— Trabalhador.
— Em quê?
— Bombeiro.

Na hora de ir embora, Odineia me avisa:
— Está ouvindo o barulho? Melhor esperar o tiroteio passar.

Melhor mesmo. Quatro dias depois, uma ação da PM para prender criminosos envolvidos em roubo de carga terminaria com um suspeito morto e quatro feridos. Antes de sair, pergunto a Luiz se voltou a soltar pipa. Ele sorri e diz que sim com a cabeça. A mãe conta:

— Dois dias depois que teve alta, ele me falou: "Quero minha pipa e minha linha, onde você guardou?" Estava ainda com pontos, mas alegou que ia conseguir por causa das ataduras. E conseguiu. Ele chega da escola, toma banho e já quer soltar pipa. E sozinho. Apoia o carretel num braço e solta com o outro. Tem quatro pipas. Às vezes dá nove da noite e ainda está soltando. Adora uma laje, vivo pedindo pra descer.

Os tiros já cessaram e me despeço, com o consolo de que, pelo menos, a minha previsão de que Luiz nunca mais soltaria pipa não se confirmou. Estar errado nunca me fez sentir tão bem.

A África do Brasil

Logo na chegada à favela, após descer da van, minha filha de 6 anos tapa os olhos para se proteger do sol forte. Uma senhora se aproxima e diz, bem-humorada:

— Você está chorando porque nunca viu tanta gente feia?

A moradora, dona América, está reunida ali para participar da festa de Natal na favela de Jardim Gramacho, em Duque de Caxias, na Baixada Fluminense, planejada pela Organização Não Governamental Corrente Pelo Bem, que luta para minimizar as enormes carências locais. Levei Alice, minha sogra e sua amiga espanhola para conhecer o trabalho da instituição e o lugar onde funcionou até 2012 o maior lixão da América Latina. O lixão foi fechado, mas a sujeira está por toda parte. Uma jovem pergunta se entre os presentes não tem carrinho de bebê, tantas são as crianças que vivem ali. Uma voluntária comenta com outra que ficou com vontade de responder:

— Não, mas vamos trazer pílula anticoncepcional.

A amiga completa:

— Mas não adianta nada a pílula sem trazer junto a educação.

É difícil organizar a multidão em três filas para o recebimento de mantimentos, roupas e brinquedos. Natural. Os moradores, que não têm nada e vivem em condições miseráveis, estão naquele momento diante de uma quantidade enorme de donativos. Um menininho diz a uma voluntária:

— Tia, vocês não vão mais querer voltar aqui, né?

— Por quê?

— Porque o pessoal está zoando tudo — responde ele, como que querendo pedir desculpas pela ansiedade dos colegas.

Mesmo com os percalços, as doações são entregues, deixando todos, moradores e voluntários, felizes. Ou quase todos. Um garoto diz:

— Tia, não quero carrinho, não, quero arma.

Naquela manhã, vieram muitas vans cheias de voluntários que, ao longo do dia, distribuíram alimentos, fraldas, sapatos, bonecas e bolas, entre muitas outras contribuições. O ponto de encontro de saída dos veículos foi a Praça Santos Dumont, na Gávea, na Zona Sul do Rio. São apenas pouco mais de 30 quilômetros de distância dali, mas é como se penetrássemos em outro continente, como observou a jornalista María Martín, no El País Brasil, apontando que as condições são tão precárias quanto num pobre povoado africano.

A ONG Corrente Pelo Bem foi criada por Rodrigo Freire, um advogado generoso e altruísta que troca os fins de semana na praia por idas a favelas, asilos, orfanatos e creches. Escolhe sempre os cantos mais desafortunados da cidade.

— Gosto de ir aonde não chega ninguém.

Em Jardim Gramacho, ele me leva para conhecer uma parte ainda mais pobre da comunidade, distante de onde está sendo realizada a festa. Já visitei dezenas de favelas, mas nenhuma com habitações tão miseráveis. Muitas moradias são feitas com pedaços de madeira velha e portas de armário, de pouca valia quando chove. Um barraco minúsculo de um cômodo abriga uma família inteira. Rodrigo diz que a mãe das crianças reclama que acorda com ratos pulando em cima da cama. Um pequeno ventilador, sem a grade de proteção, fica ao lado de onde todos dormem, com a hélice girando ameaçadoramente.

A alguns metros dali, do lado de fora, uma senhora soropositiva está estirada no chão, num colchonete puído, se abanando em meio ao calor e às moscas que infestam o lugar. Um garoto enche de ar uma camisinha para improvisar uma bola de futebol, enquanto um grupo de meninos joga uma pelada com uma garrafa de plástico.

Os moradores, cerca de 20 mil, reclamam que não há saneamento básico nem água encanada. Há muitos gatos — não apenas os bichanos raquíticos, mas também a gíria que identifica a ligação clandestina que permite alguma eletricidade. Uma moça diz que a chuva molha tudo dentro de casa. Porcos movem-se ao redor de um cachorro morto. Cacos de vidro se espalham por todo canto, levando o visitante a se perguntar como as crianças, que circulam descalças, fazem para não viver com os pés cortados.

Em meio a tantos insetos e em tempos de dengue, zika e chicungunha, dá para imaginar o estrago que o mosquito pode fazer ali. Perto dali, a Refinaria Duque de Caxias (Reduc) solta toneladas de poluentes que devem provocar toda sorte de alergias respiratórias. Há muitos desempregados em Jardim Gramacho desde o fim do lixão, que ocupava uma área de 1,3 milhão de metros quadrados à beira da Baía de Guanabara.

— A desativação deixou muitos catadores ociosos, vagando como zumbis. Já venho aqui há muitos anos, e é sempre um soco no meu coração — diz Rodrigo, enquanto chora. — Uma vez um menino do lixão me agarrou e disse: "Tio, eu nunca tinha ganhado um brinquedo na vida, obrigado." E era um brinquedo de 4 reais, comprado no mercado popular da Saara. É um lugar invisível para a sociedade. O próprio pessoal daqui chama de África do Brasil. O mais chocante até hoje foi ver numa casa uma senhora assando uma ratazana pra dar de comer a quatro crianças.

Rodrigo fala de um amigo empresário do Leblon que tinha uma filha mimada. Ela abria a geladeira cheia e reclamava: "Pai, não tem nada!" Ele levou-a até lá, e, quando a garota viu crianças disputando restos de comida com barata, rato, cachorro e porco, voltou em silêncio e não se queixou mais. Enquanto percorre a favela, ele comenta com um senhor, diante de sua casa vazia:

— Não vou prometer porque não sou político, mas vou trazer um caminhão de eletrodomésticos pra cá, sem alarde.

Podem apostar que vai.

Seu Mário e dona Iracema, uma história de amor

O vídeo se chama *Amor de seu Mário e sua batalha*. Nas imagens, vê-se um idoso puxando uma carroça carregada de sacos pretos, garrafas PET e latas de alumínio. Ao mesmo tempo, ele empurra a cadeira de rodas onde está a mulher, dona Iracema, que sofreu um derrame há dois anos. Enquanto interrompe a caminhada para abrir latas de lixo e ajustar o material, ele diz:

— Minha batalha é catar garrafa e poder vender porque aqui é ajuda de Deus e do povo, né? Se eu não correr atrás, não arrumo nada. Lixo dá muito pouco dinheiro, mas o povo ajuda com alimentos.

Ele leva junto a mulher, com quem vive há vinte anos, porque não há quem cuide dela. Só contam um com o outro.

— Ela não tem parente. Os parentes dela são Deus e eu — explica.

Já seu Mário tem apenas dois familiares, mas nunca os vê porque um mora em São Paulo e outro, em Governador Valadares. O vídeo, feito pelo diretor e produtor de cinema Raul Grecco, tem 6 minutos e 49 segundos, e foi veiculado no YouTube no dia 2 de dezembro de 2009. Ao vê-lo pela primeira vez, em 2010, fiquei comovido com as cenas daquele coletor de lixo, chamado pejorativamente de "burro sem rabo", que percorria as ruas de Del Castilho, na Zona Norte do Rio, duas vezes por dia, sempre com sua companheira. Raul havia passado por eles e decidira registrar e compartilhar a história, incluindo o telefone do casal no filme. Eu soube do caso e resolvi contá-lo em meu blog, *DizVentura*, em O Globo. Ao assistir à gravação, a jornalista Lucia Lemos telefonou para seu Mário. Ela me contou na ocasião:

— Fiquei ainda mais impressionada porque ele não me pediu dinheiro. É uma pessoa muito afetuosa. Ele só pediu uma nova cadeira de rodas para dona Iracema. Vários amigos me deram retorno, sugerindo inclusive algo maior que proporcione ao casal uma vida mais digna, mas neste momento estou focada em conseguir a cadeira de rodas. Tenho de ligar pra tanta gente na tentativa de agilizar a cadeira pela ABBR que não sei como terei tempo. Talvez até tenha de conseguir um carro pra levá-los ao SUS. Eu não tenho carro, mas o Raul já se colocou à disposição. Nada é mais sacrificante do que a vida deles.

Isso aconteceu em março de 2010. Algum tempo mais tarde, Lucia me escreveu:

— Depois de dois meses correndo atrás, finalmente conseguimos entregar hoje, ao amor do seu Mário, a cadeira de rodas de que ela tanto necessitava. A demora se deu porque tentamos viabilizar pelo SUS, mas esbarramos em tanta burocracia que optamos por comprar. Fazer o bem é cansativo neste país, mas não desistimos NUNCA! Não existe exercício melhor para o coração! Conseguimos a cadeira por um preço muito bom [R$ 280,00]. Como tínhamos urgência, foi dividido entre poucos amigos. Agradecemos a todos vocês cada palavra, dica e gesto de solidariedade pelo amor do seu Mário!

Nunca mais ouvi falar em seu Mário e dona Iracema. Até que agora, mais de nove anos depois, decido procurá-los. Peço ajuda a Lucia, que hoje também é roteirista e documentarista. Ela me diz:

— Era sempre uma alegria falar com ele, que correspondia de forma muito carinhosa e com bom humor. Na época, levamos a cadeira e ele ficou muito emocionado e grato. Ficamos meses em contato, mas depois o aparelho, que era da vizinha, foi desligado e só caía na mensagem: "Este telefone não existe." Fiquei tristinha, mas seu Mário me dizia que a cadeira tinha mudado a vida dele.

O passo seguinte para tentar localizar o casal é ir atrás de Raul. Ele hoje é empresário e sócio fundador da Mon Bar Especiarias, mas continua fazendo vídeos para ajudar quem está à margem. Raul me atualiza sobre a história de seu Mário e dona Iracema:

— Depois do vídeo e de sua publicação no blog, a qualidade de vida deles melhorou muito. Era assustador ver como moravam. Como não tinham chuveiro elétrico, fizeram uma gambiarra e esquentavam a água com uma resistência num tonel, correndo o risco de tomar choque. O telhado era cheio de falhas e havia goteiras. Fomos até a favela do Rato Molhado, na Linha Amarela, onde moravam, fizemos um mutirão e reformamos a casa toda, que era de madeira e virou de alvenaria. Um casal amigo, Ellen e Tiago, se casou e fez aquela brincadeira de passar a gravata para arrecadar dinheiro para a lua de mel. Eles resolveram doar tudo que ganharam para seu Mário. A gravata do noivo virou uma casa de tijolos. E, claro, instalamos chuveiro elétrico.

Seu Mário e dona Iracema também passaram a receber doações mensais fixas de artistas e pessoas anônimas. E a solidão foi amenizada com visitas. Por vezes, Raul ia com amigos entregar cestas básicas, água, fraldas geriátricas e "muito amor, que é o mais essencial".

— A alimentação deixou de ser um problema, mas ele quis continuar trabalhando. Era uma questão de honra. Outra coisa boa foi que conseguiu operar catarata. E dona Iracema ganhou depois, da ABBR, outra cadeira de rodas, além daquela que a Lucia conseguiu.

Faço a pergunta que me angustiava:

— E como estão os dois?

— Dona Iracema faleceu ano passado — ele responde. — E seu Mário também, meses depois.

Raul percebe meu abalo, mas diz:

— Os dois ficaram muito felizes com tudo que fizemos. Eles, que passaram por tanta coisa, acabaram tendo um bom fim de vida.

Carlos e Charles

Charles estava especialmente feliz naquela noite de domingo, 29 de junho de 1997. Nem tanto pela vitória do Brasil, que valeu a conquista da Copa América. É que era véspera do nascimento de seu primeiro filho — na verdade, uma menina. A cesariana tinha sido marcada para o dia seguinte. O rapaz de 19 anos, filho único de Carlos Gouvea Basílio e Rita Lizete dos Santos Gouvea, trancara a faculdade de informática para cumprir o serviço militar. Servia no Batalhão de Guarda de São Cristóvão.

Estava deitado com a mulher, Alexandra, quando um grito lhe tirou o sossego: seu pai fora baleado após fechar seu pequeno comércio, onde vendia vinhos e servia refeições. PMs que caminhavam pela Favela do Jacarezinho deram de cara com policiais civis. Até que os dois grupos percebessem que não eram traficantes e o engano fosse desfeito, alguns tiros foram disparados e Carlos caiu atingido no abdômen. Os policiais partiram sem prestar auxílio. Um deles ainda disse:

— Se vira que a gente não quer saber de confusão.

Em desespero, Charles pôs o pai numa Kombi e seguiu para o hospital com três vizinhos: o comerciante Elias, o terceiro-sargento da Marinha Carlos Augusto e o autônomo Marconi, dono do carro. O percurso que levaria 10 minutos durou três horas. Dizem que falta polícia no Rio. Pois, naquela noite, pai e filho encontraram-se cinco vezes com ela. Infelizmente. Cerca de cem metros após saírem de casa, foram parados por PMs. Um dos soldados reconheceu o ferido e disse:

— Ih, libera, ele tem um comércio ali.

Uns 200 metros depois, porém, sem qualquer aviso, foram metralhados por trás por policiais civis que estavam de vigília no local. Nesse momento, Charles foi varado por um tiro de fuzil na lombar que perfurou pulmão, fígado e coração. Morreu nos braços do pai, que ele tanto tentou salvar:

— Senti meu filho ir aos poucos, debruçado em cima de mim. Sua mão foi escapulindo, ele foi tendo tremores, começando a esfriar — lamenta Carlos.

Pouco antes, alguém tentara confortar o garoto:

— Fica firme.

O rapaz teve tempo apenas de responder:

— Já era.

Não veria sequer o nascimento da filha que ele tanto ansiava. Até hoje Carlos não entende o porquê da ação policial. Imagina que devem ter achado que era um carro em fuga, embora Marconi garanta que dirigia devagar.

Àquela altura, os outros quatro ocupantes estavam machucados, todos alvejados por homens da lei. Carlos, que já carregava uma bala no abdômen, teve o corpo golpeado por estilhaços de aço e de vidro. Carlos Augusto levou um tiro de raspão na cabeça. Elias foi atingido por estilhaços na mão esquerda. E Marconi recebeu estilhaços na cabeça.

Em meio à fuzilaria, o motorista da Kombi parou o veículo mais à frente. Assim que o carro estacionou, seus passageiros foram interpelados por policiais militares de outra blitz, posicionada pouco depois. Carlos Augusto se apresentou:

— Meu amigo, sou sargento da Marinha.

Um PM respondeu:

— Não tem nada de sargento — e deu-lhe um tapa na cara.

Mas, ao checar os documentos, liberou o grupo. Marconi acha que se os policiais tivessem notado que Charles estava morto não deixariam testemunhas, já que foram colegas seus que feriram Carlos:

— Charles caiu atrás do banco traseiro. Como estava escuro, eles não viram seu corpo. Só perceberam que nós quatro estávamos feridos. Ainda bem, porque senão teriam *passado o rodo* em todo mundo e depois falariam que nós éramos traficantes. Eu tive muita sorte — diz ele, que tem hoje 56 anos e não ficou com sequelas.

Marconi recebeu permissão para prosseguir. Mas, logo à frente, acreditem, depararam-se com nova blitz na Avenida Suburbana. Como nas ocasiões anteriores, Carlos Augusto se identificou como militar e foram autorizados a avançar, novamente sem qualquer apoio. Finalmente chegaram ao Posto de Assistência Médica de Del Castilho, mas o único médico de plantão, um ginecologista, avisou que teriam de ser deslocados para o Hospital Salgado Filho, no Méier.

Quase não conseguiram. É que, embora tivessem liberado o carro, os policiais que estavam na blitz da Suburbana ficaram desconfiados e resolveram seguir o grupo. Ao verem a enfermeira do PAM com calça jeans por baixo do avental, tentaram impedir o socorro, imaginando que ela se passara por funcionária do posto de saúde para socorrer traficantes — no caso, os feridos da Kombi. Corajosa, ela os enfrentou, citando um artigo do Código Penal e ameaçando denunciá-los à Corregedoria da PM e à delegacia por abuso de autoridade. Só assim a ambulância pôde sair.

O corpo de Charles ficou por lá mesmo. Ao receber a notícia da morte do filho, Rita teve um choque:

— Como assim? Meu marido é que saiu baleado e meu filho morreu?

Carlos não pôde sequer acompanhar o enterro porque ainda estava hospitalizado. A tristeza pelo assassinato do filho se acentuou com a morte da mulher, no dia 2 de outubro de 2009, aos 59 anos, vítima de um câncer de pulmão. Mas, muito antes disso, Rita já tinha morrido em vida. Após a perda de Charles, ela entrara em depressão profunda. Os três eram muito unidos. O nascimento do menino tinha amenizado o impacto da morte do primeiro filho do casal, com um ano e três meses, de septicemia.

O quarto de Charles ficava ao lado do deles, e Rita não suportava a ausência. Em 2004, os dois acabaram se mudando do Jacarezinho para um apartamento alugado no Cachambi. Hoje Carlos mora em outro bairro da Zona Norte. Mantém vazia a casa na favela, que está toda deteriorada. Durante algum tempo, ficou em contato próximo com a neta. A menina e a mãe chegaram a morar com o casal, mas depois se afastaram. Najara tem hoje 22 anos, terminou o Ensino Médio e não chegou a cursar a faculdade. Desde a morte do filho e da mulher, Carlos é um homem solitário.

— Eu constituí uma família pra viver o resto da vida sozinho? — pergunta, inconformado. — Se eu passar mal, não vai ter quem me ajude.

No dia 15 de setembro de 2019, ele completou 75 anos. Foi um dia como outro qualquer. Sem comemoração de aniversário. Tem semana que Carlos fica o tempo todo em casa, mesmo com assuntos para resolver. Dá "uma porção de troço na cabeça", e junto vem a falta de ânimo. Ainda assim, tenta manter a rotina.

— Não esqueço de nada, mas a vida continua — diz ele, que chora ao lembrar do filho e da mulher. — Chamavam eu e Rita de "casal 20" porque fazíamos tudo juntos.

A bala que atingiu o comerciante ficou alojada próxima ao coração e só pôde ser retirada muitos anos depois, quando se deslocou. Ele carrega no corpo uma enorme cicatriz, mas esta é sua dor menor.

Somente em outubro de 2014, mais de dezessete anos após a tragédia, ele foi, enfim, indenizado. Mas ninguém foi punido. Quem cuidou do caso inicialmente foi o advogado Pedro Penna da Rocha, depois que a Comissão de Direitos Humanos da OAB/RJ pediu auxílio ao Balcão de Direitos, um projeto do Viva Rio, ONG de que ele participava. Mais tarde, Pedro deu seguimento à ação como sócio do escritório Rangel, Penna da Rocha & Dahia. O processo passou depois às mãos de outro sócio, Renato Brito Neto, quando o escritório virou Rangel Brito Lamego Reis.

Carlos conta que, em sua luta por justiça, foi várias vezes à Secretaria de Polícia Civil:

— Não investigaram nada. Eu ouvia: "O delegado não tá"; "O delegado tá de serviço." Era sempre uma pessoa diferente. De repente, tinha vez que era o próprio delegado que estava falando que o delegado não estava — ironiza.

Ele e Pedro foram também a três batalhões da PM, o 4º, o 6º e o 16º. Num deles, um major sugeriu que se fizesse perícia na Kombi e no local. Só que haviam se passado vários meses e Marconi já tinha consertado o carro. Com relação ao lugar, o próprio oficial pôs empecilhos ao trabalho:

— Sabe como é... comunidade... precisamos deslocar muita gente.

Acabou que Carlos, a vítima, fez o levantamento de todo o trajeto com fotos e desenhos, o que foi usado no processo e ajudou no ganho da causa.

— O Estado recorreu até o Supremo Tribunal de Justiça, mas perdeu em todas as instâncias — diz Pedro.

A *causa mortis* do soldado do Exército Charles Eduardo Santos Gouvea, de 19 anos, foi: "Feridas transfixiantes de tórax e abdômen com lesões de pulmão, coração e fígado." Mas bem que poderia constar: "Descaso, incompetência, impunidade e desprezo do Estado pela vida humana."

Um herói improvável

No dia em que morreu, Luciano Macedo planejava terminar de construir o barraco que serviria de teto para a família: ele, a mulher, Dayana Horrara, e a criança que iria nascer. Luciano não via a hora de ver o rosto do filho.

— Ele beijava todo dia minha barriga — conta Dayana.

Grávida de cinco meses, ela ainda não sabia o sexo do bebê. Os dois estavam curiosos, mas não tiveram a oportunidade de realizar outra ultrassonografia além da primeira, feita aos dois meses. Caso fosse menino, ele gostaria que se chamasse Fernando Luiz. Se fosse menina, Aylla Vitória.

— Ele me dizia que achava lindo esse nome — relata Dayana.

O casal, que vivia nas ruas, vinha colhendo madeira para a construção da moradia, instalada nas proximidades da Favela do Muquiço, em Guadalupe, perto da linha do trem. Aos 27 anos, o rapaz teria a chance de proporcionar à criança o que não teve. Seu pai morrera quando ele tinha 2 anos — o mecânico João saíra da oficina para almoçar e, na volta, tropeçou num paralelepípedo solto e bateu com a cabeça no chão. Luciano, que só havia estudado até a quinta série do Ensino Fundamental, vivera uma vida de percalços.

— Meu filho nasceu sem sorte. Era um sofredor — diz sua mãe, a auxiliar de serviços gerais Aparecida, de 59 anos.

Com pouco mais de um ano, Luciano teve uma pneumonia forte e operou o pulmão. A família morava em Javatá, comunidade do Morro do Chapadão, em Anchieta. Mais tarde, quando ele tinha 7 anos, mudaram-se para a favela do Final Feliz, também no Chapadão. Inquieto, o menino vivia fugindo de casa, e a mãe ia atrás. Sempre foram muito ligados, ela conta:

— Ele era o meu melhor amigo. A gente era confidente, desabafava um com o outro.

A tal ponto que ele tatuara no braço esquerdo o nome de Aparecida. Luciano teve alguns empregos regulares, entre eles o trabalho num supermercado, onde começou etiquetando preços e passou para o açougue. Mais tarde, chegou a ser preso enquanto vendia drogas, mas, após cumprir dois anos de pena, batalhava por uma ocupação. Já tinha até algo em vista assim que ficasse pronto o documento de identidade que havia perdido. Enquanto isso, catava recicláveis para sobreviver.

Luciano reencontrara Dayana no dia 10 de agosto de 2018. Haviam se conhecido tempos antes, quando ele tinha 17 e ela, 18 anos. Dayana era amiga de sua irmã mais velha, Lucimara. Na época, não aconteceu nada entre os dois. Mas, dessa vez, a paixão foi instantânea e decidiram ficar juntos.

— Eu tinha achado a Lucimara no Facebook e perguntei por ele. Acabei falando com Luciano por WhatsApp e marcamos um encontro em Campo Grande, onde nós dois, por coincidência, éramos ambulantes, vendendo doces — conta Dayana.

A partir daí, tiveram vários endereços, como uma casa em Campo Grande, outra em Nova Iguaçu e as ruas.

O domingo 7 de abril de 2019 era para ser um dia especial.

— Hoje eu acabo de fazer o barraco — ele avisou Dayana.

Mais cedo, havia recebido R$ 27,00 de um morador da Favela do Muquiço para limpar sua caixa d'água, mas o homem sugeriu que ele esperasse o sol baixar para fazer o serviço. Apesar do calor, resolveu aproveitar o tempo livre para catar mais madeira. Dayana ainda falou para ele dormir e deixar a tarefa para o dia seguinte, mas o marido insistiu que queria terminar a tão sonhada casa.

O casal estava a caminho de coletar material quando teve a atenção despertada pelo barulho de tiros disparados na direção de um carro. Ao volante ia o músico Evaldo dos Santos Rosa, de

46 anos, também conhecido como Manduca, que já foi cavaquinista do grupo de samba Remelexo da Cor. A seu lado, seguia seu sogro, Sérgio Gonçalves de Araújo, de 60 anos. No banco traseiro, acomodavam-se o filho, Davi Bruno, de 7 anos, a mulher, Luciana dos Santos Nogueira, de 42, com quem era casado havia 27 anos, e uma amiga do casal, Michele, de 39.

A família saíra de casa em Marechal Hermes, na Zona Norte do Rio, em direção ao chá de bebê de uma colega de trabalho de Luciana, que é técnica de enfermagem. O trajeto até São João de Meriti, na Baixada Fluminense, foi interrompido no segundo dos 17 quilômetros do percurso, às 14h40, na Estrada do Camboatá, quando o veículo foi metralhado por militares do 1º Batalhão de Infantaria Motorizado, na Vila Militar, que teriam confundido os ocupantes com bandidos, já que, cerca de meia hora antes, um motorista fora assaltado na mesma região por ocupantes de outro carro branco. Doze homens do Exército, todos entre 20 e 24 anos, participaram da ação. O mais velho deles, um segundo-tenente, comandava o grupo, formado ainda por um sargento e dez soldados.

Evaldo dirigia devagar, a cerca de 20km/h, por causa de dois quebra-molas, mas ainda assim os militares efetuaram os disparos sem qualquer aviso. Nesse primeiro momento, apenas o motorista foi atingido, com um tiro na região das costelas. O carro perdeu a direção e Sérgio, que é manobrista, puxou o freio de mão e conseguiu pará-lo. Desesperada, Luciana gritou:

— Calma, amor, é o quartel, é o quartel!

E saiu para procurar ajuda, levando junto Michele e o filho. Os três se abrigaram na casa de uma moradora, que estava com o portão aberto. Aos ouvir os tiros, Luciano puxou Dayana e mandou que ela se agachasse entre os carros. Assim que o barulho cessou, disse à mulher:

— Vamos sair daqui.

Mas escutou os pedidos de socorro de Luciana e os gritos de Davi, que dizia:

— Ajuda meu pai!

Luciano, muito ligado a crianças, correu para ajudar num gesto ao mesmo tempo heroico e fatal. Dayana ainda tentou demovê-lo:

— Luciano, deixa ele aí. Ele acabou de morrer.

Mas ele insistiu:

— Não, eu vou tirar ele.

Em seguida, aproximou-se do carro pelo lado de Evaldo, viu que a porta estava fechada e bateu no vidro. Sérgio passou o braço por cima do genro e abriu o trinco. Os militares, ao verem Luciano e as duas portas de trás abertas, fizeram novos disparos.

Evaldo recebeu mais oito tiros de fuzil, um deles na cabeça. Sérgio foi alvejado com um tiro na nádega e ficou ferido por estilhaços nas costas. Luciano foi atingido e gritou:

— Dayana, corre, se esconde!

Ela correu e se abaixou entre dois carros. Luciano levou ainda um segundo tiro e falou à mulher:

— Me ajuda. Me tira do sol.

Dayana se levantou para acudir o marido e só aí percebeu que foram os militares que haviam disparado. Passou a gritar por socorro até que eles se aproximaram, apontaram o fuzil para ela e ordenaram:

— Sai de perto.

— Alguém me ajude, meu marido não é bandido — ainda tentou argumentar.

Mas um dos soldados olhou-a, riu e disse, conforme ela narra:

— Ele é bandido, sim, eu vi ele sair de dentro do carro.

Dayana se desesperou ainda mais:

— Pelo amor de Deus, moço, ele não é bandido, só foi ajudar a criança.

Foi em vão. Luciana não teve melhor sorte. Ao botar as mãos na cabeça e suplicar por socorro a Evaldo, foi desprezada:

— Ficaram de deboche — relata.

O carro foi atingido por 62 tiros. No total, os militares fizeram 257 disparos — só o segundo-tenente foi responsável por 88 deles. Evaldo morreu ali mesmo. Luciano, que recebeu tiros no braço e no pulmão, faleceu onze dias depois, levando junto boa parte da alegria de Dayana, que tem um filho de uma relação anterior, Gabriel, de 6 anos:

— Cortaram minhas pernas e meus braços. Tiraram o meu provedor e levaram o amor da minha vida. Aquele que atendia as minhas necessidades. Ele era meu companheiro, meu amigo, fazia todas as minhas vontades, me acompanhava em todos os momentos, me abraçava quando eu chorava, dizia: "Eu te amo." Como dói, Senhor!

A família de Evaldo também expressou publicamente sua dor.

— O que eu vou falar para o meu filho apaixonado pelo pai? Minha vida acabou. Por que eles fizeram isso? Ele tinha saído para me levar a uma festa e depois voltaria para trabalhar. A gente não devia ter saído de casa. Perdi meu melhor amigo. Era um homem caseiro, trabalhador. Cuidava de mim como ninguém. Destruíram minha família, meu sorriso, minha força de viver, minha autoestima. *Tô* sem chão — lamentou Luciana.

Davi, de 7 anos, repete, desconsolado:

— Cadê meu pai?

Luciano chegou a ser submetido a cirurgias no pulmão. Após uma das intervenções, teve duas paradas cardiorrespiratórias e não resistiu. A família acusa o hospital de ter feito uma operação contrariando decisão judicial que determinou a imediata transferência para uma instituição com melhor estrutura para o tratamento. Ele não chegou sequer a saber o sexo do bebê, o que só aconteceu duas semanas após sua morte. Sua filha, Aylla Vitória, fruto da união com Dayana, nasceria no dia 27 de julho, também um domingo.

Luciano se instalara naquela região para ficar perto da mãe. Queria até que ela fosse morar com o casal e a neta no novo endereço. Garantiu que ia arrumar um terreninho ao lado e alojá-la ali.

— Eu achava perigoso, mas ele dizia que era seguro porque iria morar perto da Vila Militar — conta Aparecida. — Ele me tranquilizava: "Que nada, fica calma, coroa. A gente está protegido. O Exército *tá* ali."

Exército que, de acordo com a mãe, não a procurou em momento algum, seja para dar algum suporte financeiro ou psicológico, seja para pedir desculpas pela morte.

— Foi uma covardia o que fizeram com meu filho. Eles não foram sequer ao hospital perguntar se eu queria uma ajuda, um copo d'água.

O único apoio tem vindo da ONG Rio de Paz e do advogado João Tancredo, que cuida da ação de indenização em favor de Aparecida e da família de Evaldo.

— A família de Luciano está muito cansada, se sente abandonada, decepcionada, machucada, ignorada pelo poder público — diz o teólogo Antônio Carlos Costa, presidente da ONG. — Ninguém os procurou. O Exército errou em três ocasiões: ao atirar em alguém que tentava ajudar uma família, ao não prestar socorro a uma vítima em agonia e ao ignorar o drama da família durante o período de internação. Se não é a mobilização da sociedade civil, elas estariam sós. É impressionante a omissão do Estado.

Foi graças a uma vaquinha organizada pelo Rio de Paz na internet que se arrumou R$ 13 mil para que Luciano pudesse ser enterrado no cemitério do Caju. A solidariedade dos cariocas fez ainda com que a ONG conseguisse montar todo o enxoval do bebê, comprar roupas para Dayana e oferecer cestas básicas. Entre os voluntários que se sensibilizaram com o drama da jovem e levaram donativos estava um casal cujo marido é policial do Batalhão de Operações Especiais, o Bope.

No dia da tragédia, o Comando Militar do Leste tratou de tirar o corpo fora e de transformar inocentes em bandidos. Em nota, narrou a ação: "Ao avistarem a patrulha, os dois criminosos, que estavam a bordo de um veículo, atiraram contra os militares, que por sua vez responderam à injusta agressão. Como resultado, um dos assaltantes foi a óbito no local e o outro foi ferido, sendo socorrido e evacuado para o hospital."

Os "criminosos" de que falou o Exército eram um músico e um catador de latinhas. Mais tarde, diante das evidências, voltaram atrás. Doze militares foram indiciados e nove tiveram prisão preventiva decretada. O Ministério Público Militar denunciou-os pelos crimes de duplo homicídio qualificado, tentativa de homicídio e omissão de socorro. Mas, no dia 23 de maio, o Superior Tribunal Militar (STM) determinou a soltura de todos para que respondam em liberdade.

A ministra Maria Elizabeth Teixeira foi o único voto contrário. Ela alertou para a "intensa periculosidade demonstrada" e disse que os réus se utilizaram da mentira ao apresentar três fotografias de blindados alvejados como se fossem o veículo que dirigiam no momento e que não foi atingido por disparo algum. Segundo ela, "resta patente uma tentativa visível de manipulação de provas" por parte dos acusados, que "engendraram um esquema ardiloso para enganar o Comando Militar do Leste". Para a ministra, tratou-se de uma ação "desmedida e irresponsável", pois inexistia qualquer ameaça iminente ou situação de risco para civis.

Aparecida resume sua reação à decisão do STM de conceder *habeas corpus* aos réus:

— Fiquei revoltada.

As maiores autoridades do país igualmente minimizaram o ataque. O presidente Jair Bolsonaro só comentou o episódio no dia 12, dizendo:

— O Exército é do povo, e não pode acusar o povo de ser assassino, não. Houve um incidente, uma morte — disse ele, que resumiu: — O Exército não matou ninguém, não.

Aparecida discorda:

— O Exército matou Luciano. Meu filho fez o papel que era deles, o de salvar vidas, e eles o mataram.

O ministro da Justiça e Segurança Pública, Sergio Moro, disse confiar na Justiça Militar, que, segundo ele, "tem um histórico de apuração":

— Os fatos vão ser esclarecidos. Se houve ali um incidente injustificável de qualquer espécie, o que aparentemente foi o caso, as pessoas têm que ser punidas. Lamentavelmente, esses fatos podem acontecer.

O ministro da Defesa, general Fernando Azevedo e Silva, foi vago e classificou o massacre como um "lamentável incidente".

Aos parentes resta o consolo da coragem de Luciano.

— O que me conforta é isso: ele foi salvar uma vida e deu a dele — diz a irmã, Lucimara.

Aparecida, que por vezes tem de interromper nossa conversa por causa do choro, conta:

— Ele me deu essa glória. Luciano se foi como herói. Era alguém que ajudava todo mundo, tanto que as pessoas se aproveitavam da bondade dele. Mas quem perdeu um amigo fui eu.

Luciano é mais uma morte evitável entre tantas que se vê por aí. Antônio Costa critica a "cultura do 'atira', estimulada por autoridades públicas", que se instalou no país, voltada para um grupo específico:

— É inadmissível e inaceitável que atirem primeiro e depois vejam em quem atiraram. Só deram esse tratamento para a família porque ela é pobre.

A advogada Maria Isabel Tancredo, do escritório de João Tancredo, também fala em mortes "resultantes da legitimação da barbárie" ocorridas por conta do "absoluto despreparo". A própria ministra Maria Elizabeth Teixeira fez coro em seu voto: "Quando um negro pobre no subúrbio do Rio de Janeiro é confundido com um assaltante, eu tenho dúvida se isso ocorreria com um louro de olho azul em Ipanema vestindo uma camisa Hugo Boss."

Sobre a filha Aylla Vitória, Dayana diz, desolada:

— Não sei nem o que vou falar quando ela perguntar quem é o pai dela.

Aos 28 anos, ela resume:

— Infelizmente, um pobre que mora em favela não tem valor. Hoje foi meu marido, amanhã vai mais um, e mais outro.

Alguém tem dúvida?

ENCONTROS

Alma gêmea

Rosineide Paiva, ou Rosineide Rivas, não se sabe ao certo, caminhava pelos corredores lotados do shopping Rio Sul, às vésperas do Natal de 1999, quando percebeu uma carteira caída. Tinha de tudo: cartões de crédito internacionais, documentos, entre eles, o passaporte, e muito dinheiro em notas de dólares, reais e francos suíços. Ninguém mais reparou. Era uma chance única na vida atribulada de Rosineide.

Na outra ponta da história, a suíça Alice se desesperava ao constatar que sua carteira sumira. Casada com o ex-diretor de uma indústria química, vinha pela terceira vez ao Brasil, sempre de transatlântico e no período do Natal. Achou que tinha sido furtada. Entrou em pânico. Até que ouviu seu nome ser chamado no alto-falante. Rosineide tinha comunicado a descoberta à segurança do centro comercial.

Alice seguiu para o setor responsável e encontrou-se com uma mulher "muito humilde", como ela mesma descreveu mais tarde. Travou-se então o seguinte diálogo, com a ajuda de um intérprete:

— Aqui está a carteira da senhora, encontrei no chão.
— Graças a Deus! Aqui estão 300 dólares em agradecimento.
— Quero, não. Sou muito pobre, mas tenho orgulho de ser brasileira. Esse é o meu presente de Natal pra senhora. Gostaria somente que a senhora, quando voltasse pra casa, levasse a imagem de que nós aqui não somos ladrões e dissesse que visitou uma cidade onde o povo é honesto e trabalhador. Feliz Natal.

As duas se abraçaram e choraram. De volta à Suíça, Alice avisou aos parentes que não iria dar nem queria receber presentes de Natal. Em vez disso, pediu a uma família amiga, moradora no Rio, que montasse 210 cestas básicas. Os Rostock, também suíços, distribuíram as cestas nas favelas da Rocinha, do Vidigal e da Vila Pinheiro.

Alice fez mais. Contou a história à sua agência de viagem, que mandou circular a mensagem para todas as filiais, recomendando o Rio como destino. De Rosineide, pouco se sabe. Mora em Nova Iguaçu, na Baixada Fluminense, tem cerca de 30 anos e não tem telefone. Não quis deixar endereço. Na pequena Schaffhausen, perto de Zurique, Alice não fala de outra coisa:

— Encontrei uma alma gêmea.

O afeto que salva

Nelson Rodrigues considerava o brasileiro um impotente da admiração. "Somos o povo que berra o insulto e sussurra o elogio", espumava. Pois aqui vai se inverter a frase de Nelson e gritar os feitos de Alexandre Batista. Pai desconhecido, aos seis meses escapou de ser queimado pela mãe, alcoólatra, em Belo Horizonte. Ela jogou álcool no menino e, enquanto procurava fósforo, os vizinhos trataram de escondê-lo. Foi parar numa unidade da Febem, onde ficou nove anos, entre idas e vindas.

Então algo de extraordinário aconteceu. Alexandre, tachado de "irrecuperável", conheceu um ex-interno que se dispôs a acolhê-lo e ensinou-o a ler. Aos 14 anos, o garoto começou a mexer num computador. Breve estaria fazendo cartões de apresentação e cartazes de loja, e percorrendo o comércio oferecendo o produto. Ruim de português, instalou logo um CD ROM do *Dicionário Aurélio*. Acabou arrumando emprego de contínuo numa empresa que prestava serviço para uma multinacional, fabricante de molas automotivas.

Um dia, a companhia importou máquinas computadorizadas da Alemanha. Junto vieram técnicos para ensinar. Por conta própria, o contínuo resolveu bisbilhotar. Sem instrutor e sem entender inglês, em pouco tempo já sabia mais que todos os funcionários que tinham feito curso. Foi logo contratado como técnico e hoje, aos 23 anos, comanda algumas das máquinas mais sofisticadas da multinacional.

Alexandre reencontrou sua mãe anos depois da separação. Apesar do que ela fez, na sua ilusão infantil ele passou esse tempo em que ficaram afastados sonhando com uma mãe cinematográfica, hollywoodiana, que iria descer de um conversível e levá-lo para uma vida de sonhos. Quem apareceu foi uma mulher desdentada, de cabelo desgrenhado, bêbada, que o levou para um barraco que inundava a toda hora. O choque foi grande, eles se afastaram novamente, mas Alexandre esqueceu a mágoa, perdoou a mãe e até hoje lhe dá uma cesta básica e uma ajuda financeira, além de visitá-la regularmente.

O ex-interno que acolheu Alexandre aos 9 anos e alterou seu rumo de vida tinha sido igualmente considerado um caso perdido. Ele parecia vocacionado para a tragédia. Aos 12 anos, já tinha fugido 132 vezes da Febem. Roberto Carlos passou a infância e o início da adolescência alternando-se entre as ruas e os reformatórios de Belo Horizonte. Perdeu a conta das surras que tomou, foi violentado, meteu-se com drogas, envolveu-se em roubos, tentou o suicídio. Uma noite, deitou-se na ferrovia e desmaiou. Só não morreu porque naquele dia o trem não passou.

Nada disso ele lembra com autocomiseração ou rancor. Ao contrário, seu relato é pontuado por um humor desconcertante. Aos 13 anos, o menino favelado e analfabeto conheceu uma francesa. Combinaram um acordo: ele lhe mostraria a linguagem cifrada das ruas, ela lhe ensinaria a língua de Molière. Foram morar juntos e, desconfiado de tanta bondade, Roberto Carlos fez uma lista do que levar da casa. À medida que ficava, percebia que a mulher era do bem e ia desistindo de roubar os objetos, até que jogou a lista fora. Mudaram-se para a França e, na volta, ele cismou de também ajudar outros "casos perdidos". Formou-se em Pedagogia, tornou-se contador de histórias e começou a cuidar de outros meninos desvalidos.

Alexandre foi o primeiro deles. Junto com doze garotos, Roberto Carlos construiu uma casa que agora abriga crianças e jovens antes condenados a uma existência breve. Aos 33 anos, ele esteve neste mês de janeiro de 2000 nos Estados Unidos. Em cada lugar, sua história emociona e espanta. Na autobiografia que escreve, Roberto Carlos diz que não adianta nada dar apenas cama, comida e dinheiro. "Isso os traficantes também dão." Se tivesse que resumir numa palavra o que o salvou da morte precoce, é quase certo que diria: "Afeto."

O poliglota das ruas

Passo por Martinho e lhe dou uns trocados. Ele faz ponto nos fins de semana na escada do banco, perto de casa. É uma figura conhecida no bairro. O nome vem da semelhança com Martinho da Vila. Antes de parar nas ruas, ele trabalhou com vendas e representação comercial. Na falta de um marqueteiro, Martinho mesmo se promove:

— Solteiro, maluco, em promoção. Aceito tíquete, vale-refeição, vale-transporte.

Volta e meia, alguém interrompe o passo para bater papo e dar dinheiro. Martinho está com uma caixa grande ao seu lado, lacrada, ainda envolta no plástico. Dentro, uma TV novinha em folha, 14 polegadas, colorida, marca CCE. Pergunto se ele está guardando o aparelho para alguém que está no banco.

— Não. Eu perguntei a algumas pessoas que me ajudam se alguma delas tinha uma TV pra me arrumar. Há pouco, parou um táxi aqui na porta do banco, desceu uma mulher e perguntou: "Você é que é o amigo da doutora Ana Lúcia?" Falei que sim. Ela pediu que eu esperasse uns minutinhos. Entrou de novo no táxi, foi a uma loja, comprou a TV e me deu.

— Um presente e tanto — comento.

Ele concorda com um largo sorriso.

— A garantia está até aqui, na bolsa. Graças a Deus, meu Natal não vai ser mais triste.

Ele não entra em maiores detalhes sobre quem é a doutora Ana Lúcia, tampouco quem é a alma caridosa que lhe deu o presente.

— Não tenho o direito de dar propaganda a essas pessoas. Elas não querem publicidade — justifica.

Está certo. Martinho conseguiu até que um rapaz lhe pagasse uma corrida de táxi.

— Eu não vou me arriscar a ir de ônibus com o aparelho de televisão.

Escrevi sobre ele no começo de 2000 em minha coluna no Jornal do Brasil. Falei que fez da mendicância uma arte. Imaginei que tivesse ficado feliz de ser citado no jornal. Engano. Agora, num novo encontro, meses depois, ele reclama de ter sido identificado como "mendigo". Prefere "morador de rua".

— É mais suave. E "mendigo" fica parecendo que é uma situação irrecuperável — explica Martinho que, galante, oferece sempre uma palavra afetuosa às passantes. — A moça é modelo?

Continuamos a papear e pergunto como anda a vida.

— Não sou abastado nem miserável. Sou necessitado.

De qualquer forma, as coisas estão se encaminhando, tanto que teve onde instalar a TV.

— Hoje estou vivendo numa situação um pouco melhor graças à ajuda das pessoas. Arrumei um canto lá pelos lados da Rua do Catete.

Mas ainda falta muito. Mesmo para alguém versátil como ele, que arranha umas palavras em inglês e francês:

— Hoje em dia você tem de ser poliglota.

Ele deseja voltar ao mercado de trabalho, mas acha que ser negro atrapalha:

— A epiderme traz muitas barreiras.

De qualquer forma, Martinho não desiste de sonhar:

— Aguardo uma chance pra ressurgir das cinzas.

O prazer de estender a mão

A primeira vez que o médico Felix Zyngier subiu o Morro Azul, no Flamengo, foi recebido com desconfiança pelos moradores. Natural. Eles estavam acostumados a iniciativas sociais de curto prazo ou a promessas de políticos que acabavam após a campanha eleitoral, e imaginavam que ia acontecer o mesmo com Felix.

— As coisas lá duravam muito pouco — conta o gastroenterologista e clínico geral.

Uma vez, por exemplo, uma universidade enviou uma professora para dar reforço escolar às crianças e logo interrompeu as aulas. Por causa disso, achavam que ele ia ficar um mês na favela e ir embora.

Felix decidiu iniciar seu projeto social em 2002. Ao ter a ideia de ajudar, procurou inicialmente o apoio dos Médicos Sem Fronteiras, que sugeriram que falasse com a ONG Médicos Solidários. E foi assim, com o auxílio de uma telefonista e uma assistente social da instituição, que começou a atender gratuitamente os moradores, duas vezes por semana. Não parou mais, ao contrário do que a comunidade imaginava.

Aos poucos, a resistência inicial foi trocada pela gratidão. Ele é beijado por crianças e mulheres, abordado por homens que querem tirar dúvidas íntimas, respeitado por todos.

— Adoro ir lá — diz.

Felix se tornou uma figura querida na região. A confiança mútua é tanta que, certa vez, um sujeito avisou que seu carro, estacionado numa rua que fica na base do Morro Azul, estava destrancado e com o vidro abaixado. Como estava atendendo,

Felix entregou-lhe a chave e pediu por favor que o desconhecido fechasse o veículo para ele. Quando o projeto completou dez anos, o médico foi levado para uma laje e se surpreendeu com uma feijoada preparada pelos moradores em sua homenagem. Sem contar os inúmeros presentes que recebe em datas como Natal, Páscoa e aniversários.

O clínico geral e gastroenterologista atende 15 a 25 pacientes cada vez que vai à comunidade, num consultório instalado na paróquia da favela. Quando a ONG Médicos Solidários quebrou, em 2006, ele se viu com problemas. A sorte é que surgiu uma pediatra, Julia Blanco, que o procurou pedindo para participar. Há seis anos, ela atende uma vez por semana no Morro Azul.

Até que, em 2016, o cardiologista Luiz Roberto Londres, criador do Instituto de Medicina e Cidadania (IMC), encampou o projeto de Felix. Hoje ele conta com dezesseis médicos especialistas voluntários que atendem em seus consultórios. E conseguiu um convênio com o laboratório Eliel Figueiredo, o que permite a cobrança de exames por um preço muito mais barato.

— Só falta conseguirmos um convênio com um laboratório de imagem para oferecermos exames gratuitos. Usamos o Imagem Solidária, ligado ao colégio Santo Inácio, que tem preços mais em conta.

O projeto se tornou tão bem-sucedido que se espalhou para outras duas favelas: Parque da Cidade, na Gávea, e Tavares Bastos, no Catete.

— Uma médica com quem trabalhei no Hospital do Andaraí, a clínica geral Sheila Lacerda, se aposentou. Procurei-a e disse: "Você é uma médica boa demais pra só ficar cuidando dos netos."

Ela aceitou participar e passou a ocupar um dos horários de Felix no Morro Azul. E assim ele pôde iniciar o projeto na Tavares Bastos e dividir seu tempo entre os dois morros.

— A comunidade quer esse tipo do projeto, mas fica desconfiada. No Morro Azul, somente depois de três ou quatro anos eu consegui dar a primeira injeção de anticoncepcional, pois elas tinham vergonha de se expor.

Apesar dos apoios, Felix ainda busca mais profissionais voluntários. Ele conseguiu uma médica que é clínica e homeopata e uma psicóloga para atender no Parque da Cidade. Na Tavares Bastos, há uma psicóloga e uma pediatra, além dele.

— Mas não consegui até hoje, por exemplo, mais ginecologistas, dermatologistas, um dentista e um psiquiatra para os moradores do Morro Azul. O médico pode atender em seu próprio consultório, como nosso dermatologista Pedro Ribeiro, que atende no Centro, e nossa ginecologista Anna Hefez de Paiva, que atende em Ipanema.

Aos 77 anos, Felix esbanja motivação:

— Esse projeto me deu uma finalidade. O que justifica e valida sua vida é ajudar o próximo, estender a mão ao outro, partilhar sua dor.

Ele não pensa em parar com as consultas gratuitas nas favelas.

— Virei mobília. Vou terminar meus dias lá. Só quem faz sabe o prazer que dá.

Bracinho

Toca o telefone. É Fernando Sabino. Não se trata de trote ou de algum homônimo. Quem está do outro lado da linha é mesmo Fernando Sabino, um de meus ídolos literários desde que, ainda garoto, li *O encontro marcado*. Admiração que cresceu quando passei a ler suas crônicas.

— Estou ligando para contar uma história. Você é o único que está na ativa que tem condições criativas e sensibilidade jornalística e literária para entender — ele exagera.

Fico envaidecido, mas tremo. É responsabilidade demais para o meu gosto. Melhor ouvir atentamente as palavras de Fernando:

— Eu ia saindo da igreja no domingo quando vi um rapaz de short, sentado num caixote. Ele não tinha os dois braços. As pessoas davam esmola e ele pegava com os dedos dos pés. Fiquei pensando: "Como ele escova os dentes, penteia o cabelo, coça o nariz?" Chegou um segurança, pegou o dinheiro e trocou para ele por uma nota de vinte reais na banca de jornal. Apresentei-me, dei a ele cinco reais, disse que meu nome era Sabino e perguntei se podia conversar. Ele disse que tinha 28 anos e nasceu assim. Quando sua mãe viu, jogou-o no lixo. Ele foi achado por uma pessoa e foi passando de uma mão para outra. "Várias pessoas me ajudaram aqui e ali", disse. Chamava-se Renato, era analfabeto e morava cada dia num lugar. "Você tem cabeça tão boa", comentei. "É, já me disseram isso", ele falou. Renato contou que come quando dá — ou seja, quando aparece alguém para ajudar. A naturalidade dele impressionou-me estupidamente. Fiquei comovido de chorar — narra o escritor.

Em seguida, Fernando pergunta-me o que podemos fazer por ele. Quer saber se eu posso ir lá conversar com Renato e, quem sabe, como jornalista, imaginar alguma forma de ajudar.

— Não estou pensando em salvar a humanidade, mas em atender ao apelo do meu coração. Saí dali com os olhos cheios de lágrimas. A história de Renato me tocou muito, e lá na hora pensei que você era a única pessoa que poderia dividir comigo essa emoção — diz.

Prometo que vou procurá-lo. Dias depois, Fernando volta a me ligar. Peço desculpas por ainda não ter tido tempo de ver o rapaz. Ele garante que está tudo bem, e passamos a conversar amenidades. O escritor conta que, logo depois que esteve com Renato, foi caminhar na praia. Quando chegou ao calçadão, viu que uma mocinha bonita andava à sua frente. A certa altura, achou que ela tinha deixado cair algo e, gentil, abaixou-se para pegar. Ela viu e disse:

— Cuidado, não apanha, não, que cheira mal!

Ele, todo galanteador, respondeu:

— Vindo de você, só pode cheirar bem.

No que ela achou por bem advertir:

— Mas esse não veio de mim, não, veio do cachorro...

Ele tirou a mão rapidinho.

A história era a cara de Fernando. Rimos, papeamos mais um pouco, como gostávamos de fazer sempre que nos falávamos, e nos despedimos. Prometo-me mentalmente parar de adiar meu encontro marcado com Renato. Que só ocorreu dois meses depois. A história dele, de fato, impressiona. Chama-se Renato da Costa Bonfim, mas ganhou nas ruas o apelido Bracinho — tem apenas um pedaço do braço esquerdo. Sobrevive da caridade alheia. Com medo de ser maltratado, paga doze reais e dorme num hotel no Centro.

Diz que sua mãe tomou um remédio que continha talidomida para evitar que nascesse. O resultado foi a deficiência física. Rejeitado por ela, pulou de casa em casa até parar nas ruas.

Luta na Justiça para ganhar uma aposentadoria por invalidez, mas explica que o processo está arquivado há oito anos no INSS de São Gonçalo. Os burocratas do governo federal dizem que ele não merece ajuda do Estado. Estado que só aparece, aliás, em sua forma violenta, já que vive fugindo das autoridades:

— A carrocinha cata-mendigo já me levou quatro vezes — critica ele, que sempre dá um jeito de retornar dos abrigos.

Aqui e ali, Renato recolhe ajuda dos passantes. Há um coronel que todo mês lhe dá cinquenta reais. O segurança da rua guarda seu dinheiro e afasta os moleques que tentam roubá-lo. Ele diz, todo orgulhoso, que consegue botar e tirar a camisa com o pé. Também escreve o nome com os dedos dos pés. Para provar, pede uma folha e assina na minha frente. Revela-se impressionado com a atenção que recebeu de Fernando.

— Ele se apresentou e ficamos conversando mais de uma hora. Foi atencioso e mostrou uma preocupação sincera de me ajudar.

Conto para ele que se trata de um escritor muito importante, avesso a entrevistas. O que só aumenta a admiração de Renato:

— Nunca imaginei que um cara famoso ia falar comigo. Essas pessoas conhecidas não gostam de conversar com a gente.

Fernando tem mesmo esse hábito. Recordo o dia em que me procurou para desabafar sobre dois ambulantes que vendiam livros usados em Ipanema:

— O Rubem fica na Rua Gomes Carneiro com Visconde de Pirajá. E o Barbudo faz ponto no começo da Canning [rua onde Fernando morava]. Os dois se conhecem. Já dei livros meus para eles. Não são mendigos. São discretos, não atrapalham. A Prefeitura deixa os camelôs venderem qualquer coisa, mas, no caso deles, vem o *rapa* e recolhe tudo. Uma vez, o Barbudo chegou a ser preso, e eu e o Otto [Lara Resende] tivemos de ir até a Barra para soltá-lo. Será que não tem como arrumar uma licença para eles?

Não soube responder. Tampouco consegui me aprofundar no assunto, de tão atrapalhado com o dia a dia na redação. Mas a

história ilustra essa generosidade de Fernando, que se apegava às pessoas, em especial aos mais humildes e desvalidos. Como Renato, que se despede de mim contente de ter tido esse encontro com Fernando Sabino:
— Ele é muito simples.

"Chame Ledão"

Meu filho olhou dentro do cinzeiro e me perguntou:
— Pai, o que é isso?
Ele tinha 3 anos e nunca havia visto uma guimba de cigarro na vida. Estávamos em bom número naquele almoço na casa de Silvana Gontijo e Lula Vieira. Expliquei para Eric o que era e apontei para a única fumante daquela tarde: dona Lêda Gontijo, então com 101 anos. Mais cedo, Lêda havia beliscado torresmo e pão de queijo com linguiça, encarado tutu e costeleta de porco e bebido vinho. Era mesmo um fenômeno da natureza, com uma genética privilegiada.
— Eu como de tudo, mas com parcimônia — ela me contou numa entrevista para a coluna *Dois Cafés e a Conta*, em O Globo, em 2015. — Uma vez, numa palestra sobre qualidade de vida e alimentação na velhice, me chamaram como exemplo. Eu ouvia os especialistas falando sobre comida orgânica e sem gordura, alertando: "Não pode isso", "Não pode aquilo", até que me perguntaram: "Dona Lêda, pode nos dizer o que faz para ter essa saúde?" Respondi: "Fumo, bebo e jogo. E só não faço sexo porque não tenho parceiro."
No fim do nosso papo, regado não a café, mas a vinho, ela comentou:
— Você nunca tinha entrevistado uma velha, não é?
Eu disse que sim: a professora e acadêmica Cleonice Berardinelli, que tinha 93 anos na ocasião. Lêda, já centenária, brincou:
— Noventa e três anos? Isso é fichinha.

A artista plástica mineira sempre viveu intensamente. Dava aulas, fazia exposições, cuidava da casa, do jardim e dos bichos, foi campeã de tênis pelo Minas Tênis Clube, andava de moto, fundou as Voluntárias da Santa Casa de Lagoa Santa, onde morava, e liderou um movimento que evitou a derrubada da Igreja do Rosário da cidade. Da madeira à fibra de vidro, passando pela pedra, explorou os mais diferentes materiais numa carreira que ia da pintura à escultura, do *design* à cerâmica.

Considerada por Ziraldo uma das grandes artistas mineiras do século XX, tinha como obras-primas duas figuras em pedra-sabão em tamanho natural de São Tomás de Aquino e Santo Agostinho, que estão no mausoléu da Academia Brasileira de Letras, no São João Batista. Pelo trabalho, foi a primeira mulher a ganhar a medalha Machado de Assis.

Lêda sempre foi ativa. Numa ocasião, Lula Vieira não conseguia abrir um vidro de conserva e chamou o enteado, Paulo Gontijo:

— Paulão, venha aqui!

Mas Lêda tirou o vidro das mãos de Lula, abriu a tampa e disse, triunfante:

— Chame Lêdão.

"Levada", "arteira" e "moleca", como se autodefinia, sempre gostou de dirigir. Certa vez, Silvana pediu que ela deixasse de rebeldia e botasse o cinto de segurança. Ela negou, alegando que detestava se sentir presa. Num sinal, um guarda se aproximou e exigiu que colocasse o cinto, sob risco de ser multada. Do alto de seus 94 anos à época, ela respondeu com a maior candura:

— Não posso, meu filho. Acabei de fazer cirurgia para aumentar os seios.

Mentira, claro. A verdade é que não tinha maiores vaidades:

— Estou sempre de cara lavada, nunca botei botox nem fiz cirurgia plástica. Eu mesma corto meu cabelo. Uma vez, num casamento, me maquiaram. Saí da sala, me olhei no espelho e não era eu. Estava igualzinho a um travesti. Lavei a cara na hora.

Quando tinha 90 anos, resolveu pegar duas sobrinhas de 83 e 84 anos e ir do Espírito Santo à Bahia. Ao sair de um posto de gasolina onde parara para abastecer, notou que era seguida. Escutou um barulho no carro, que parou. Pensou: "Sabotagem. Botaram algo no posto, entupindo o cano de descarga, e vão nos assaltar." Assim que os homens saltaram, ela disse:

— Meus anjos da guarda, graças a Deus vocês chegaram! Três velhas sem um tostão, sozinhas na estrada.

Os assaltantes acharam que não havia nada para roubar, e um deles ainda se ofereceu:

— Deixa que vou ver se dou um jeito pra senhora.

Levantou o capô do carro, olhou e liberou o trio.

Aprontou tantas que teve a carteira apreendida por excesso de velocidade. Escondeu dos netos porque vivia alertando-os que não se pode correr.

— Mas eles descobriram e caíram na minha pele.

Ainda conseguiu dirigir por mais três anos, fugindo dos guardas, até que foi parada e pediram a carteira.

— Respondi: "Vocês tomaram. Vocês não guardam, não?" Devem ter achado que eu estava esclerosada e me liberaram. Só que há apenas seis guardas em Lagoa Santa, então fiquei conhecida e tive de parar, infelizmente. Mas nunca sofri acidente.

A presença de espírito também foi de grande valia quando ela, o marido e a filha Silvana, grávida, chegavam em casa e apareceram três ladrões armados. Silvana conta:

— Ela fez um drama: "Ai, meu Deus do céu, vou passar mal." Tudo cena. Enquanto isso, escondia aliança, relógio. Depois fingiu que estava caindo, e os bandidos a ampararam: "A senhora senta aqui." As luzes da frente da casa se acenderam e eles acabaram fugindo correndo, só levaram um pouco de dinheiro de meu pai.

Lêda comentou o episódio:

— Fiquei calma, foi muito divertido.

Mesmo em momentos difíceis, mantinha a irreverência. Em 2004, teve um tumor no intestino e foi ao Rio fazer uma colonoscopia (endoscopia do cólon e do reto). À noite, na casa de Silvana, botou o DVD com o exame em cima da mesa, e seu genro, curioso, perguntou:

— Que DVD é esse?

Ela respondeu:

— Meu filho, hoje fiz meu primeiro filme pornô!

A inclinação para as artes veio cedo. Aos 3 anos, a menina pegava miolo de pão, molhava e ia modelando. Mais tarde, fazia bichinhos a partir da cera dos lápis de cor que quebravam. Depois descobriu a argila e passou a fazer figuras humanas. Em 1944, Guignard abriu uma escola de Belas Artes em Belo Horizonte, e ela fez parte da primeira turma.

— Ele falava que eu era um talento no desenho, uma revelação, mas eu queria esculpir e não havia professor de escultura lá. Fiquei só dois anos e acabei sendo autodidata.

Em Belo Horizonte, desafiava a moral da época.

— Conheci meu marido, Paulo, em 1935. Imagine o espanto de meus futuros sogros com uma moça que já naquela ocasião usava calça comprida, dirigia, fumava e falava alto? Mas me acolheram muito bem.

Mesmo assim, enfrentou outros preconceitos:

— Na época, mulher casada botava o umbigo no fogão e cuidava do marido e dos filhos. Uma mulher da sociedade ser artista era quase como ser prostituta. Por vergonha, eu escondia muitas obras, quando era uma nudez ou um trabalho mais livre.

Mas Lêda sempre esteve à frente de seu tempo e nunca se deixou aprisionar, seja pelas convenções sociais, pela idade cronológica, pelas recomendações médicas, pelos policiais que queriam que parasse de dirigir ou mesmo pelos parentes. Já com 100 anos, recebeu um convite de amigos para visitá-los na Bolívia.

— Fiquei doida para ir e aceitei. Mas meus filhos foram contra.

Vocês acham que Lêda desistiu? Ledo engano — com trocadilho. Ela tapeou os filhos e foi sem a autorização deles. Passou no aeroporto, perguntou se tinha passagem, comprou e viajou dois dias depois. Quando a filha Silvana ligou, perguntando onde ela estava, ouviu:

— Na Bolívia.

— Mas a gente combinou de passar o Dia das Mães juntas!

Era tarde. Lêda adorou a viagem, tanto que passou uma semana.

Quando recebi, neste dia 15 de junho de 2019, a notícia da morte de Lêda, levei um susto: "Como?" É o mesmo susto que nos acomete quando a gente ouve falar de alguém que morreu jovem. Só que Lêda tinha 104 anos. A notícia me chocou porque ela era uma daquelas raras pessoas que a gente acha que vai viver para sempre.

A meu pedido, Silvana contabilizou o número de descendentes diretos de Lêda. Ela começou a contar e quase precisou de uma calculadora. Até que chegou ao resultado: 71, desde o filho mais velho, Paulinho, de 81 anos, até a bisneta mais nova, Cecilia, de 1 ano e 3 meses. Sem contar a Leticia, que estava a caminho.

— É um povo — constatou Silvana.

E é mesmo. Mas, na verdade, a área de influência de Lêda vai muito além de seus parentes. Privilegiados fomos todos nós que, de alguma forma, convivemos com ela, que inspirou os alunos dos cursos de cerâmica, as voluntárias da Santa Casa, os visitantes de suas exposições, a população de Lagoa Santa, os amigos, os conhecidos e qualquer um que tenha ouvido falar de sua trajetória. Mesmo centenária, fazia planos. E quando alguém perguntava aquele protocolar "tudo bem?", ela respondia:

— Tudo ótimo.

Essa mulher admirável, nada convencional, que vivia espalhando alegria, bom humor e vitalidade, merecia o apelido que a neta Fulô lhe deu: "Vovó radical."

Primeiro a saúde, depois o beijo na boca

O passageiro entrou no táxi, na Zona Sul, e disse que ia para o Centro. Como o trajeto pode ser feito pelo Túnel Rebouças, pelo Túnel Santa Bárbara ou pelo Aterro, o motorista perguntou:
— Doutor, como o senhor quer ir?
Ouviu de volta:
— Em silêncio.
Já eu gosto de conversar. Por isso, quando peguei o táxi e percebi que a motorista era falante, não me incomodei. Ao contrário, dei corda. E assim seguimos viagem. No caminho, ela me aponta um cartaz de propaganda eleitoral pendurado num comitê de campanha. Por acaso, o candidato está próximo à própria imagem, conversando com militantes no portão da casa. Ela se diz impressionada:
— Dá uma olhada. Na foto, ele é muito distinto. Mas, ao vivo, parece um cachaceiro, não é verdade? Photoshop faz milagre. Uma vez eu vi uma atriz nua numa revista e, depois, andando na rua. Era a visão do inferno.
Descontado o exagero, concordei. Décadas de jornalismo não me trouxeram dinheiro ou glória, como já era de se esperar, mas me ensinaram a desconfiar dos elogios. Em especial aos atributos físicos das atrizes mais velhas. Nós, jornalistas, temos a tendência de enfeitar as matérias com expressões como "dona de um corpaço", "em excelente forma", "ostenta um corpão", "está ainda mais linda", "é mais bonita ao natural, sem maquiagem". São excessos que não resistem à realidade.
Tempos atrás, entrevistei, em Paris, uma das maiores atrizes francesas. Fiquei impressionado ao constatar como envelhecera.

Anos depois, eu leria numa reportagem sobre ela: "Cada vez mais deslumbrante."

De volta à taxista. Ela continua:

— Até eu, que sou gordinha, fico magrinha com Photoshop, com manequim 38.

Não entendo muito de medidas, mas acho que ela está sendo condescendente consigo ao se classificar como "gordinha". Resolvo arriscar e perguntar seu tamanho.

— Esse excesso de gostosura todo é 56. Mas quero chegar a 40. Vou fazer cirurgia de redução de estômago daqui a dois meses e meio.

Mesmo do banco de trás é possível ver que está mesmo precisando.

— Tenho 44 anos, 1,61 metro e peso 137 quilos — revela. — Meu índice de massa corporal é 52,8. Sofro de obesidade mórbida. A qualquer momento, posso morrer. Mas não se preocupe, não vai ser dirigindo. Só depois que o senhor pagar a corrida.

Ela é espirituosa. Comento que meu problema é o contrário: eu havia emagrecido, estava pesando 69 quilos em 1,75 metro. Ela dá liberdade, então pergunto por que engordou tanto.

— Tive problemas na tireoide. E tirei um tumor no útero. E perdi meu pai há pouco tempo. Botou tudo numa panela de pressão e explodiu.

De fato, era um coquetel explosivo. Mas ela está confiante.

— Uma vez consegui perder, com remédio, 45 quilos em três meses. Passei a vestir 42.

Mas interrompeu a medicação e acabou engordando de novo.

— O médico falou que tenho de emagrecer setenta quilos. Ou seja, tenho de tirar você do meu corpo. Sai, que esse corpo não me pertence — diz, com bom humor.

Fico imaginando como seria ter de emagrecer o equivalente a mim mesmo, um adulto de estatura mediana. Ela conta que seu médico a animou, dizendo:

— Você fala que está gorda? Amanhã vou operar uma menina de 270 quilos.

A motorista também revela que foi a uma palestra de uma mulher que pesava 161 quilos distribuídos em apenas 1,58 metro.

— Tinha de fazer roupas por encomenda. Ela emagreceu tanto que passou de manequim 60 para 38. Para exemplificar, pegou uma calça antiga e entrou inteirinha numa das pernas. Fiquei impressionada.

A taxista não quer chegar a tanto. Prefere passar a vestir 40 ou 42.

— Tamanho 38 é muito esquelética. Estou tão entusiasmada com a operação que nem o trânsito me estressa mais. Três meses depois da cirurgia, vou entrar na academia, comprar uma bicicleta e fazer dança de salão. Não quero arrumar namorado agora. Primeiro a obrigação, depois a diversão. Vou cuidar da saúde e, em seguida, vem o beijo na boca. Este vai ser o meu ano!

Diante de tanta convicção, como duvidar?

O palhaço em seu palco improvisado

À noite, a caminho de casa, paro no sinal. Outros carros fazem o mesmo. À nossa frente, um rapaz em cadeira de rodas, com o rosto pintado de palhaço, tenta equilibrar bolas de tênis. Estou cansado, mais impaciente que o normal, após um dia puxado no trabalho, e não me animo a prestar maior atenção à cena. Mas noto que ele carrega uma bolsa junto ao corpo. É uma bolsa coletora de urina. Lembro-me de meu avô, que precisou usar uma de fezes durante meses, após uma cirurgia.

Decido pegar umas moedas que imaginava estarem no bolso traseiro direito. Não acho. Abro então a carteira em busca de algum trocado e encontro uma nota de 2 reais. O rapaz circula entre os poucos carros, vê meu braço esticado, agradece com a cabeça e estende seu boné, que estava amarfanhado, coberto de sujeira e puído. Tento botar o dinheiro sem tocar no chapéu, mas o excesso de zelo com a higiene custa caro. A nota voa, instantes antes da abertura do sinal. Minhas boas intenções flutuam com o vento. Peço desculpas, constrangido. Ele dá um sorriso gentil e diz:

— Não tem problema, muito obrigado.

Os carros já começaram a andar e tenho de me mover. Pelo retrovisor, tento ver, sem sucesso, se ele recuperou o dinheiro. Mas é pouco provável. Cogito voltar, mas está tarde e penso: "Esse é o meu caminho habitual. Já o vi aqui outras vezes, nessa mesma hora. Amanhã ou depois eu paro e converso."

Passam-se quase três meses até reencontrá-lo. Nesse tempo, senti-me culpado pela minha frescura. Ao vê-lo novamente, percebo a chance de me redimir. Menos pelo dinheiro do que pela oportunidade de me justificar. Enquanto o rapaz equilibra as bolas, pego uma nota de 2 reais e o chamo. Ele faz um sinal para que eu aguarde, como quem diz: "Espera eu terminar o show." Não é um mendigo, ora bolas, mas um artista, esforçando-se para apresentar seu talento naquele palco improvisado. Depois que para, aproxima-se e pega a nota. Dessa vez, faço questão de me assegurar de que o dinheiro havia ficado a salvo no boné. Comento:

— Não sei se você se lembra de mim, mas há algum tempo estive aqui e fui lhe dar uma nota, mas ela voou.

Ele diz que se lembra. Pergunto:

— Você conseguiu pegá-la?

— Consegui.

Talvez tenha dito aquilo para me agradar. Afinal, naquela ocasião, meses antes, o sinal estava aberto, havia outros carros e ventava. Mas ele explica:

— Levantei a mão para os motoristas, falei: "Para! Para! Para!" e estiquei o braço para pegar o dinheiro — diz, ao mesmo tempo em que mostra como consegue alcançar o chão.

O sinal abre e nos despedimos com sorrisos, na expectativa de que conversaremos outras vezes, com mais calma.

O reencontro com o palhaço

Em meio ao dia cinzento e à ameaça de chuva, saio a pé pela Lagoa. De longe, vejo um rapaz de cadeira de rodas parado no sinal, equilibrando bolinhas em frente aos carros. "Será que é ele?", penso. Não, seria coincidência demais revê-lo tantos anos depois, e justamente agora, que acabei de finalizar este livro, onde incluí a história de meu encontro com um cadeirante no trânsito. Além do mais, era em um ponto diferente do bairro que eu o vira das outras vezes.

Aproximo-me, me apresento e digo que, seis anos antes, havia conhecido no sinal um jovem que usava uma bolsa coletora de urina. Mas, enquanto falo, percebo que aquele que está hoje à minha frente não usa o equipamento médico.

— Esta aqui? — ele diz, enquanto levanta a camisa e me mostra a bolsa que ficara oculta pela roupa.

É ele mesmo. Explico que estou atrasado para encontrar meus filhos, pergunto se estará por ali mais tarde e, diante da resposta positiva, fico de voltar no mesmo dia para conversarmos com calma. Saio dali vibrando com tamanho acaso.

André Luiz tem 29 anos, mora na favela de Vigário Geral, na Zona Norte, e trabalha há nove anos no trânsito. Aprendeu a fazer malabarismo por conta própria, aos 12, mas só bem depois descobriu que a arte poderia ser uma forma de sobrevivência. O primeiro ano e meio foi o mais difícil. Os motoristas tinham medo e evitavam sua presença. Aos poucos, começou a se tornar conhecido. É chamado de "Tricolor" porque costuma usar uma camisa de seu time. Ele analisa seu cotidiano nas ruas:

— O mais bacana é quando abrem o vidro pra trocar uma ideia. A atenção é mais importante até do que o dinheiro.

Mas se, por um lado, há alguns que cumprimentam, por outro são muitos os que não tomam conhecimento. Ou, pior, reagem de forma agressiva.

— Tem gente que buzina, quer passar por cima. E tem gente preconceituosa, que acha que a gente é bicho por causa da cadeira de rodas. Tem ainda quem pense que é golpe, que vou me levantar e roubar. Tudo isso me deixa muito chateado e constrangido.

Mas ele não tira de todo a razão dos motoristas.

— O mundo está muito violento.

Só acha que isso não justifica a arrogância, como o caso do homem que prestou atenção à sua apresentação e, no fim, fez um gesto do tipo "sai pra lá" com o braço, disse "não tem, não" e saiu em disparada.

— Pensei: "De que adianta ter um carrão e agir dessa forma?"

Ele vai de quinta a domingo para a Zona Sul. Em menos de uma hora, consegue se deslocar de Vigário até a Lagoa, após subir a rampa da passarela que liga favela e asfalto e pegar dois ônibus, ou o trem e um ônibus. Em geral, vai acompanhado de amigos que trabalham no Centro, mas por vezes segue sozinho.

— Sei me virar bem.

André faz questão de estabelecer a diferença entre quem esmola e quem trabalha no sinal:

— Quem esmola perturba, incomoda, bate no vidro. No meu caso, a pessoa chega do trabalho exausta e desanimada com a vida, e aí, de dentro do carro, me vê ali, na cadeira de rodas, na chuva ou no sol, me esforçando, trabalhando com um sorriso, e pensa: "*Pô*, pra que estou reclamando da vida?" Os problemas dela ficam menores.

Concordo e resolvo ler para ele o texto que escrevi em 2013 sobre nossa conversa, que publiquei originalmente no blog *DizVentura*, e que estará no livro. Após a leitura, ele comenta:

— Show de bola! Gostei principalmente de você ter se preocupado em saber se consegui pegar a nota ou não.

Peço desculpas pela minha atitude à época, que me levou a não querer tocar no chapéu, mas ele diz que compreende. Afinal, explica, as bactérias são transmitidas muitas vezes pelas unhas. Pergunto sobre a paralisia.

— Eu era do tráfico e levei um tiro durante uma guerra de quadrilhas — diz, sem rodeios. — Foi num dia 27 de março. Em 5 de abril eu ia completar 15 anos.

Aos poucos, começa a explicar melhor o que aconteceu. Quando tinha 11 anos, seus pais o chamaram no quarto e revelaram que a mãe que o criava era, na verdade, sua madrasta. Decidiram contar porque, mais cedo ou mais tarde, ele ouviria a história nas ruas. Seu pai havia traído a mulher com outra, que engravidara de André. Quando ele tinha nove meses, a mãe biológica entregou-o ao pai, dizendo:

— Segura o André que eu vou trabalhar.

A madrasta, que já tinha quatro filhos, perdoou o marido e acolheu a criança como dela.

— Ela sempre me deu muita atenção, me dava mais carinho do que aos próprios filhos. Era uma mulher incrível, pena que morreu há cinco anos.

Ainda assim, ao saber a verdade, sua cabeça "virou". Passou a aprontar e dormir na rua, a tal ponto que o pai foi atrás da ex-amante e falou:

— Fica com ele, que está dando muito trabalho.

A resposta dela foi:

— Bota num colégio interno.

Ele tinha 12 anos e ficou arrasado. Duas semanas depois, procurou-a "para pedir colo". Foi rechaçado pela terceira vez. Pouco depois, aos 13, com a cabeça "meio perturbada", começou a andar em más companhias e entrou para o tráfico.

— Eu me culpava: por que ela não me quis? Eu tenho cinco irmãos mais velhos por parte de mãe. Ela criou todo mundo, menos eu. Onde foi que eu errei? Quis chamar a atenção dela de todo jeito. Quando a mente está fraca, o caminho se abre pra fazer coisas erradas. Não foi por necessidade que entrei nessa vida. Meu pai sempre me deu tudo. Mesmo morando na favela, eu estudava em escola particular e tinha aula de teatro e violão.

O período no crime durou pouco mais de um ano, quando veio o tiro que o deixou paralítico.

— Entrei numa furada e paguei o preço. A gente tem de aguentar as consequências do que procura.

André enfrentou outros problemas sérios de saúde. Teve uma obstrução na uretra e passou por uma cirurgia de cistostomia que resultou na colocação de uma sonda na bexiga para drenar a urina até a bolsa coletora, que terá de usar para o resto da vida. Uma complicação fez com que entrasse em coma e tivesse de ser submetido à hemodiálise por quatro meses. Além disso, há quatro anos, contraiu síndrome de Fournier, uma doença rara provocada por uma infecção bacteriana que afeta a região genital. O médico chegou a avisar à família:

— Ele não passa desta noite, podem se despedir.

Passou daquela noite e, de novo, refez a vida. Havia se casado uma vez e se separado após cinco anos. Voltou a se casar, há seis meses, com uma moça de 39 anos que conheceu num baile funk, às seis da manhã.

— Ela me viu, nos olhamos nos olhos e nos apaixonamos.

Apesar dos problemas por que passou, André garante que nunca se deixou abater nem cair em depressão. Evangélico, frequentador da igreja Coroa da Vida, analisa sua trajetória sem autopiedade, como quem diz: "Bola pra frente!" Quando termina de falar, aproveito para tirar uma dúvida que me acompanha: por que, afinal, as bolinhas de tênis estão envoltas em papel alumínio?

— É para que brilhem à noite. O farol dos carros ilumina e fica com mais qualidade — explica.

Sorrio e digo a ele que gostaria de escrever sobre nosso novo encontro para juntar com a crônica feita em 2013. Ele concorda. Prometo que, assim que a obra estiver pronta, vou levar um exemplar dedicado a ele e à sua mulher. Apertamos as mãos e me despeço, torcendo para que meu editor diga que ainda dá tempo de incluir este texto no livro.

NOTA DO EDITOR: às quatro da manhã, fico me perguntando como o autor quer me ver morrendo — pelo pânico pelos prazos exíguos de fechamento da edição ou do coração por mais um texto emocionante, impossível de se reter as lágrimas. Sim, é claro que dá tempo!

CANTOS, ENCANTOS E DESENCANTOS DO RIO

A xepa ou "the best moment in promotion"

— Quer provar, elegância?
A moça recusa com um sorriso e segue em frente. Outros feirantes também se desdobram em convocar as clientes com mesuras e um jeito afetuoso e sedutor. "Menina", escuta uma idosa. "Minha flor", ouve uma senhora, enquanto duas jovens são saudadas com "Meu anjo" e "Amor". Eles capricham ainda nas rimas ao divulgar seus produtos:
— Alô, dona Raquel, a manga está um mel. Alô, dona Tereza, a manga está uma beleza.
Como em qualquer comércio, apelam para as promoções, em geral pouco criativas: "Hoje é mais barato!"; "Dois reais pra acabar!"
Felizmente, há aqueles mais originais, como o homem que apregoa sua mercadoria na barraca Peixaria Exclusiva:
— É só comprar o peixinho aqui e concorrer a um forró comigo na Feira de São Cristóvão!
Ele também implica com a concorrência ("Não dão desconto, peixeiro barato é aqui"), fala de si com bom-humor ("Sou paraibano, mas tem duas coisas que não gosto, farinha e mulher"), fornece duvidosas lições de vida ("O homem pode ser pilantra, mas ele é sincero"), arrisca outras línguas (*"Bon jour, trés bien"*), reclama de uma moça que não lhe devolveu o "bom dia" ("Não me desejou bom dia, que tenha um péssimo dia") e elogia os companheiros de barraca ("Peixeiro bonito na feira tem pouco e está tudo aqui").
Sigo adiante e ouço o vendedor que desabafa com um colega, enaltecendo sua terra:
— Este país não tem jeito, não, eu vou embora do Brasil. Eu vou pro Ceará.

Mais à frente, outro vendedor grita:

— Hoje é aniversário da minha sogra! Oito ponto nove! Amo aquela mineira, morro de paixão! Gosto mais dela que de mim! Não sou o único que deu sorte.

Mas a figura mais célebre da feira livre da Praça Nossa Senhora da Paz, em Ipanema, é Gilmar, mais conhecido como Queimado, que foi personagem do documentário *As canções*, de Eduardo Coutinho. Com seu vozeirão, ele canta *Corazón espinado*, de Fher Olvera, líder do grupo Maná, eternizada na gravação do guitarrista Carlos Santana, para um grupo de jovens latinos... que ouve a tudo, encantado. Após as compras, Queimado abraça e cumprimenta um a um. Uma senhora se aproxima da barraca e ele ameaça:

— Não vai embora sem uma provinha senão eu jogo uma praga que cai o cabelo e engorda.

Queimado emenda o portunhol com outras línguas.

— This is the best moment in promotion — anuncia, na hora da xepa.

— Se quiser eu falo um *poquito* de francês — garante, pronunciando em seguida uma salada de palavras de onde se entende pouco mais do que "Paris".

Ele faz tanto sucesso que uma brasileira exige tirar fotos a seu lado. E um senhor o abraça, dramatizando:

— Se *nego* quiser te matar, eu morro primeiro. Eu me jogo na frente da bala.

A certa altura, ouço alguém atrás de mim dizer:

— Olha o caminhão da Ambev aí!

Eu me viro e dou de cara com um ambulante com isopor de cerveja num carrinho de supermercado.

À medida que as horas passam, os produtos escasseiam, as mercadorias se enfeiam e os preços caem. Uma barraqueira apita e avisa:

— Vai acabar a feira!

Ali perto, um homem promove os legumes e verduras que restaram:

— Um real, um real!
Ao lado, um concorrente diz:
— Um real não é dinheiro!

Achei que estava criticando o colega por cobrar tão barato, mas logo percebi que se dirigia aos consumidores em potencial, como que dizendo que um real é tão pouco que não vai fazer falta no bolso.

Paro na barraca de pastel, tomando o cuidado para não me queimar com o ar quente que sai na primeira mordida nem sujar a camisa com a gordura que escorre entre os dedos. O homem que frita os pastéis reclama, bem-humorado, que não ouviu o pedido de sua colega que atende os clientes:

— Tem de falar alto. Feira é a maior gritaria. Não adianta vir com essa sua vozinha que ninguém ouve. Por que toda mulher é braba dentro de casa e, quando chega na rua, fica mansinha e começa a falar baixo?

Seus companheiros já conhecem o número, mas riem ainda assim. A barraca atrai muitos pedintes, que espicham o olho, abordam os consumidores e tratam de contar com a boa vontade alheia. Meu caldo de cana já está quase no fim quando um dos vendedores chega com a jarra e grita:

— É a hora do chorinho, é a hora do recreio!

E começa a encher de novo os copos de todos os clientes. Passam-se alguns minutos e outro barraqueiro berra:

— É o chorinho, é a diversão!

E novamente abastece quem bebe. Mal o cliente dá uns goles e lá vem a terceira rodada:

— Quem quer cortesia? Hoje é o dia do freguês.

É quase um rodízio, que só para quando você se cansa: paga um caldo e recebe grátis uma cachoeira de bebida. Penso em fazer um brinde a essa instituição nacional que é o chorinho, mas fico com medo de que o homem encha meu copo mais uma vez e eu não consiga andar.

Termino de beber, dou outra caminhada pela feira e saio de lá com a barriga cheia e a alma leve.

E agora, José Maria?

E agora, José? Como explicar a seu sobrinho de 4 anos que ele nunca mais vai ver o tio? Você, que saiu de São Paulo para ver os fogos de Réveillon no Rio com a namorada, acabou morto aos 44 anos graças a uma sucessão de erros causada pela empresa de fogos, pela CET-Rio, pela PM, pela Defesa Civil, pela Divisão de Fiscalização de Armas e Explosivos, pelo Corpo de Bombeiros e pela Prefeitura.

Em toda parte, o povo festejava a passagem de ano. Nos céus de Copacabana, os fogos desenhavam corações, borboletas, rostos alegres, moinhos de vento. Aqui embaixo, eles erraram o caminho e você acabou atingido. Éramos 2,5 milhões na praia e ninguém o ajudou, José Maria Martins. Logo você, que, na hora da explosão, abraçou seu sobrinho Rivaldo para protegê-lo.

Outras vítimas tiveram melhor sorte. Não havia macas, ambulâncias e médicos, mas a multidão em desespero socorreu-as. Você cansou de esperar pela ajuda que não veio e procurou um posto médico. Nas palavras de seu sobrinho, "o tio Zé estava com um buraco no pescoço de onde saía sangue". Mesmo assim, passaram apenas uma pomada na sua ferida.

Ainda não se descobriu o nome de quem fez isso, mas darei notícias assim que souber. As informações a respeito de sua morte dão conta de que, mesmo ferido, você tirou sua camisa suja de sangue e protegeu o menino. Não o conheci pessoalmente, mas a foto nos jornais mostra um homem com ar desamparado, desorientado e perplexo. Com a laringe e a traqueia perfuradas, o tórax fraturado e os braços queimados, você caminhou às cegas com o garoto, atordoado, até conseguir ligar para um amigo, também chamado José, e pedir ajuda. Passaram-se quatro horas entre a explosão e a chegada ao hospital. Era tarde demais. Os médicos fizeram tudo para salvá-lo, mas não deu. A médica contou que se podia ouvir o barulho do ar saindo por seu pescoço.

Naquela madrugada chuvosa de 1º de janeiro, você deve ter se sentido traído. Prometeram-lhe um espetáculo de luzes e cores e deram-lhe um show de incompetência e irresponsabilidade. Como no poema de Drummond, a festa acabou, a luz apagou, o povo sumiu, a noite esfriou. E agora, José?

O mecânico José passava o quarto Réveillon seguido na Praia de Copacabana, na virada de 2000 para 2001. Era o primeiro de sua namorada, Cláudia Maria da Silva, de 19 anos. Ele estava procurando apartamento para morar no Rio, onde vivia sua filha — tinha três filhos do primeiro casamento, com Maria Laudicéia. Além de Cláudia, estavam com ele o porteiro José Lino, cunhado de sua segunda mulher, Conceição, e o filho de Lino, Rivaldo dos Santos.

Os ferimentos ocorreram principalmente por causa de fragmentos de cano PVC, após um dos canos que sustentava os fogos explodir. Disse o policial rodoviário Alexandre Hurpia:

— O penúltimo rojão explodiu no chão. Com isso, a última bomba foi lançada para o lado, em direção a quem estava em frente à boate Help.

Mas os motivos do acidente nunca foram oficialmente esclarecidos. A empresa Promo3, contratada para fazer o evento pela Associação Brasileira da Indústria de Hotéis informou que os fogos que explodiram estavam na área de outra firma e alegou que usava polietileno, e não PVC, na composição do material. Já a Polícia Civil assegurou que a responsabilidade era da empresa Brasitália, contratada pela boate Help para soltar os fogos.

O subsecretário de Saúde, José Gomes Temporão, disse que a sindicância interna responsável por apurar o caso não apontou culpados. O advogado João Tancredo, que representou oito das 49 pessoas feridas e os parentes de José, diz que até hoje a família dele não foi indenizada, quase 20 anos depois. Em 2013, o TJ-RJ condenou as empresas Brasitália, Terrazzo Atlântica Restaurante — responsável pela boate Help — e Promo3 a pagar danos morais de R$ 5 mil a duas vítimas, uma que sofreu um corte na mão e outra que perdeu a audição do ouvido esquerdo. E, em 2015, as três empresas foram condenadas a pagar indenização de R$ 10 mil reais a uma mulher, que ficou com sequelas, inclusive estéticas. No Réveillon seguinte à tragédia, por questões de segurança, os shows de fogos passaram a ser realizados em balsas, e não mais na areia.

Troca de gentilezas

Bebo uma água de coco no quiosque habitual de Ipanema quando sou surpreendido por gritos:

— Vai tomar no cu, cambada de filhos da puta!

Viro-me assustado e vejo um carro passar devagar, com o motorista esbravejando, os braços para fora. Os xingamentos parecem dirigidos a outro automóvel que está a seu lado. Deve ser uma briga de trânsito. Antevejo uma discussão séria. Tomara que não saia tiro. Mas percebo que os palavrões são direcionados, na verdade, a três homens e uma mulher sentados ao meu lado. Eles gesticulam e devolvem as ofensas ao motorista:

— Vai você se foder! Vai à merda!

Está de noite e não há policiamento à vista. Será que corro algum risco por estar ali, em meio ao fogo cruzado de insultos? Mas, logo em seguida, os quatro caem na gargalhada. Fico sem entender nada e pergunto ao vendedor:

— Eles se conhecem?

— Sim, são amigos. O motorista é dono de um quiosque, e esse pessoal aqui trabalha pra ele.

Balanço a cabeça em concordância, consciente de que, nessa troca de gentilezas, quanto mais cabeludos os palavrões, mais carinho está envolvido. Como também percebeu o ator e jornalista Antônio Bastos, que tomava café no bar quando entrou um sujeito que cumprimentou efusivamente o dono do estabelecimento:

— Bom dia, arrombado!

Minha amiga Mariana Castori foi outra testemunha de como o xingamento pode ser sinal de afeto. O motorista do ônibus que estava parado no ponto gritou bem forte para um dos três soldados do Exército, fortemente armados, que patrulhavam a Rua Barata Ribeiro, em Copacabana:

— Ô, filho da puta!

Os militares olharam com cara injuriada na direção do motorista. Mariana sentiu a tensão no ar. Até que, de repente, brotou um sorriso alegre do rosto de um deles, que, soltando o fuzil, fez um aceno animado ao amigo:

— Fala, viado!

E a vida transcorreu normalmente no Rio de Janeiro.

"Tá com pena? Leva pra casa"

Lea esperava a hora de prestar depoimento na delegacia quando chegou um agente da Operação Tijuca Presente, acompanhado de um menino. Curiosa, como toda jornalista, aproximou-se para ver o que estava acontecendo. O guarda parecia conduzir um bandido à cadeia. Mas tratava-se apenas de um garoto miúdo, apavorado com a situação. Ela chegou mais perto e perguntou do que se tratava. O agente, incomodado com a intervenção, respondeu-lhe rispidamente:

— Não lhe devo satisfação.

Se, por parte do homem da lei, minha amiga não conseguiu mais informações — até chamada de "esquerdopata" ela foi —, o jeito era perguntar ao menino o que tinha ocorrido. Escutou:

— Eu estava no sinal vendendo bala e o policial me pegou.

O agente da Operação, um PM, justificou sua atitude:

— A ordem agora é não deixar mais criança vender bala na rua. Tem de pegar e levar pra delegacia.

"De onde teria vindo a ordem?", ela se perguntou. Do presidente, não foi, porque ele mesmo dissera que o trabalho infantil dignifica. Talvez do governador. Mas como, se o procedimento do agente mereceu uma reprimenda do policial civil de plantão, autoridade que faz parte do governo estadual? Ele disse ao PM que o certo teria sido conduzir o garoto para o Conselho Tutelar.

— Mas agora já está fechado — contra-argumentou o agente.

— Pois é.

O que o policial civil não disse, não se sabe se por desinformação ou se para não ter trabalho, é que o Conselho Tutelar funciona 24 horas, em regime de plantão. Bastaria ter ligado para um dos conselheiros — as delegacias têm os números — que o funcionário iria lá, analisaria o caso e, conforme fosse, acolheria ou encaminharia a criança até sua casa. Mas nem Lea nem o PM sabiam disso. A essa altura, o policial militar estava visivelmente irritado com o problema que tinha arrumado para si. Não tinha intenção de levar a criança em casa. Afinal, ela morava no Morro da Mangueira. E ele lá ia se meter a subir favela, ainda por cima à noite?

Criou-se o impasse. De um lado, o agente, sem saber o que fazer; do outro, o policial civil, lavando as mãos; e, no meio, minha amiga, tentando proteger o garoto, que assistia a tudo, assustado. A certa altura, o PM usou o argumento clichê:

— *Tá* com pena? Leva pra casa.

Para sua surpresa, ela respondeu de bate-pronto:

— Eu levo!

Mas não era tão fácil. O policial civil disse:

— Não é bem assim, não posso me responsabilizar, não a conheço.

E, virando-se para o PM, jogou a decisão em seu colo:

— Quem decide é você.

Mas o agente, ainda que estivesse ansioso para encerrar aquela confusão, tampouco queria assumir essa responsabilidade. Lea, com medo de que o PM saísse dali com o menino e lhe aplicasse uma surra, apelou:

— Pelo amor de Deus, eu fico com ele.

O PM acabou liberando, aliviado por ter se livrado do *incômodo* — no caso, a criança.

Que nem era tão nova assim. Tinha 13 anos, mas parecia bem menos, de tão mirrada. Chamava-se João. Ela o levou para casa e lhe deu um prato de comida. Seu filho de 4 anos, também João, adorou a novidade. Lea fez perguntas e descobriu que ele está matriculado na escola, tem irmãos e mora com a mãe. Não conheceu o pai. Vende balas para ajudar a comprar o gás.

Ele estava feliz com a acolhida, mas aflito para voltar às ruas, já que, por causa da detenção, ainda não tinha vendido nada. Explicou que, quando fica mais tarde, os agentes vão embora e ele tem sossego para vender. Para evitar que retornasse ao sinal, ela lhe deu dinheiro. Sabia que, no dia seguinte, ele estaria lá de novo, mas não havia muito o que fazer.

Lea esperou que o marido chegasse e juntos levaram o menino para casa. Ao chegar à Mangueira, João agradeceu, se despediu e saiu. Entrou correndo por uma daquelas vielas sem olhar para trás. Ela ficou feliz por ter podido ajudar nesse dia, mas triste por saber que outros dias virão sem que ele tenha a mesma sorte de encontrar alguém.

Passaram-se quase seis meses até que, quando saía de casa, Lea deu de cara com João no portão. Abraçou-o e beijou efusivamente. Seu filho também ficou contente de reencontrar o rapaz, que se lembrara do endereço, sentira vontade de revê-la e informou que iria para a porta do shopping vender balas. Como era domingo, não havia repressão, contou. Disse ainda que a mãe e os irmãos estavam bem. Ela queria passar mais tempo com ele, mas o táxi já a aguardava. Lamentou não poder dar a devida atenção, mas despediu-se na expectativa de que esses encontros se tornem vez mais frequentes e demorados.

O menino e o PM

A patrulhinha estaciona ao meu lado e dela salta um PM de olhar duro e gestos nervosos. Vira de um lado para outro, sempre com a mão na cintura, ao alcance da arma. Passa um menino de rua de seus 10 anos. Carrega nas mãos algumas moedas e, no olhar, um jeito de animal acuado. O policial o chama. Ele hesita, faz menção de correr, mas a voz firme e a mão no coldre fazem com que se aproxime a contragosto da viatura. Já chega se desculpando:

— Eu *num tô* fazendo nada, eu juro.

Imagino as piores atrocidades. Penso que o guarda vai roubar as parcas economias do garoto e afastá-lo com um tapa. Ou então vai algemá-lo e enfiá-lo no banco traseiro do carro aos safanões.

O PM abre o porta-malas. É mais grave do que eu pensava. Presumo que vá jogar o menino ali dentro e sumir. Preparo-me para intervir e perguntar o que houve quando vejo a razão do gesto: o policial retira uma quentinha e oferece ao garoto, que se afasta aliviado e agradecido com a refeição inesperada.

Penitencio-me dos maus pensamentos, critico-me por ter sido tão preconceituoso, mas o arrependimento dura pouco. Mal o garoto começa a andar, o policial o chama outra vez. "Eu sabia", digo para mim mesmo, "essa polícia não tem jeito." Mas ele apenas se aproxima do menino, oferece-lhe um garfo e uma faca de plástico e lhe diz:

— Tenha um bom almoço.

O não-assalto

Eu poderia estar roubando, poderia estar matando, mas prefiro estar colecionando estratégias que o carioca usa para arrumar um trocado e levar a vida. Tem um vendedor de mariola que consegue convencer os motoristas dizendo:

— Moço, compra pra ajudar um ex-ladrão.

Há quem compre por reconhecer o esforço do homem em ter se regenerado, mas há aqueles que preferem levar o doce a se arriscar que ele volte ali mesmo ao antigo ofício. Por vezes, a técnica é mais sutil, como quando, no sinal, o vendedor deposita um saquinho de balas no espelho retrovisor do meu carro e se afasta. Junto vem uma mensagem: "Compre a balinha para eu continuar levando a vida honestamente." Faço votos de que continue.

As táticas apelativas, em certos casos, dão lugar à coação. Quando o flanelinha diz: "É dez *real*", você não é obrigado a dar, mas sabe que há um risco embutido na recusa. Uma vez, quando jovem, eu me neguei a pagar. Coisas da mocidade. Ao voltar, o carro estava com dois pneus furados. E o guardador havia sumido. Desde então, em vez de confrontá-los, prefiro evitá-los. Isso me custa mais voltas na rua, mais tempo perdido e menos pneus arriados. Da mesma forma, se é de madrugada e o garoto é parado pela polícia, pode se sentir constrangido a obedecer e deixar o dinheiro da cervejinha.

A melhor história que conheço de roubo não assumido aconteceu com um amigo do Ziraldo. Ele estava num sinal de trânsito no Centro da cidade e levou um susto quando um sujeito enfiou a cara na janela do carro e disse:

— Não se assuste, doutor. Isto não é um assalto.

Ele relaxou, depois de quase ter um ataque cardíaco, apenas para ouvir:

— Agora, quanto é que vale um não-assalto?

O motorista abriu a carteira e tirou cinco reais. A história faz tempo, da época em que cinco reais valiam alguma coisa, mas o homem não se sensibilizou com o valor:

— Só cinco pratas para um não-assalto?

Ele achou melhor aumentar a oferta para dez. O não-assaltante achou razoável e se despediu:

— Gostei, doutor. O senhor entendeu o espírito da coisa.

Com um amigo o expediente pouco convencional também deu certo. Ele estava atrasado para uma reunião no Fórum e tentava estacionar na rua. Parecia impossível, até que apareceu um rapaz simpático e, com aquela desenvoltura dos guardadores do Centro, indicou-lhe um lugar bastante duvidoso.

— Ali eu vou ser multado! — o motorista ponderou.

— Deixa comigo, doutor — disse o sujeito —, sou amigo do guarda.

Como a pressa era muita, resolveu arriscar, indo embora preocupado. Voltou mais de uma hora depois e estava tudo certo. Perguntou quanto era, e o homem falou, cobrando um valor absurdo para a época:

— Dez reais vão bem.

— Você está louco! Eu nem tenho dez reais!

Ele olhou para o terno de meu amigo, para sua gravata, depois revirou os olhos para o céu, dizendo:

— Doutor, não fale assim, tão escutando o senhor lá em cima.

— Dez eu não pago! No máximo, três!

O flanelinha fez uma cara sentida e propôs:

— Vamos fazer o seguinte: o senhor me dá os três reais, e os sete dos neguinhos lá de casa o senhor gasta como quiser.

— Tudo bem — falou. — Leva os dez.

Meu amigo foi embora, "achando que ele bem que merecia uns vinte pela lição".

Adrenalina

Aproveito o 13º salário, passo no banco e tiro mil reais para pagar algumas contas e as caixinhas de Natal. Em seguida, vou ao médico ver o joelho operado. Na volta para casa, ando por Ipanema e, quando estou perto de meu prédio, um rapaz de seus 18 anos numa bicicleta me interrompe o caminho e me pede dinheiro. Na minha ingenuidade, achei que fosse um pedinte, como tantos no bairro. Respondo, de forma automática:

— Não tenho.

Ele puxa uma faca e diz:

— Passa todo o dinheiro!

Ou algo semelhante. O que importa é que o que parecia um pedido era, na verdade, uma ordem. Só aí me dou conta de que estou imprensado na grade de um edifício.

— Só quero o dinheiro! — ele acrescenta, esnobando o celular, para minha surpresa.

Pego a carteira e tiro sem nem olhar uma nota qualquer. É de R$ 50. "Que azar", penso. É que havia também notas de R$ 20, de R$ 10 e de R$ 2. Ele pega os R$ 50, imagina que tem mais de onde veio e diz:

— Quero tudo!

E faz menção de tomar a carteira, cheia de dinheiro, documentos, cartões, fotos dos filhos. Ah, não, aí já era abuso demais. Observo que a faca, embora possa fazer algum estrago, está mais para faca de cozinha, de ponta mais arredondada, do que para facão. Motivado pela indignação, digo que não vou dar a carteira. Ele levanta a faca, mas os porteiros da rua haviam percebido a ação e começado a berrar. O rapaz decide ir embora.

Em outro gesto impensado e instintivo, vou atrás dele e grito. Não lembro se eu disse "cai fora", se mandei parar, se xinguei ou se falei para devolver o dinheiro. Só sei que ele parou, saltou da bicicleta e veio em minha direção com a faca empunhada. Peparei-me. Os gritos solidários dos porteiros já estavam mais fortes, um deles se aproximava para ajudar e ele desistiu. Para minha surpresa, jogou a nota de R$ 50 no chão, reclamou, subiu na bicicleta e fugiu em disparada.

Uma atitude irresponsável de minha parte, reconheço. Afinal, para o bandido, a vítima não passa de um "otário grã-fino", como leio em *Cidade de Deus*, de Paulo Lins. O romance, que mistura ficção e realidade para contar o cotidiano violento da favela carioca, mostra como funciona a lógica (ou falta de lógica) do criminoso. É bom não reagir? Óbvio, mas nem sempre isso basta. Mata-se por nervosismo, por um movimento em falso da vítima, para aparecer no jornal, para ser respeitado pelos outros bandidos ou simplesmente por pura gratuidade. "No terceiro assalto com revólver, fez questão de matar a vítima, não porque ela tivesse esboçado reação, mas para sentir como é que era aquela emoção tão forte", lê-se a certa altura. Ainda assim, convém em geral obedecer e não oferecer resistência.

Chego em casa, tomo um banho e saio para me encontrar com um conhecido que, por acaso, circula pelos bastidores da polícia e da bandidagem. Comento sobre o quase assalto, sobre meu comportamento temerário e sobre a ousadia do sujeito, que tentou roubar, ao meio-dia, alguém teoricamente com chances de lutar. Ele diz que, caso se tratasse de um profissional, não faria tanta diferença se a vítima fosse jovem, idoso, turista, mulher, mãe. E explica, didaticamente:

— É que ele não usou voz de comando. Não disse: "Vou te furar, filho da puta!" Quando o bandido chega na disposição, a pessoa trava. Ele intimida só com a voz. Esse aí pediu assaltando, ou assaltou pedindo.

Mas, ainda que fosse um amador e com uma faca que não era lá essas coisas, não é de bom tom reagir, diz meu conhecido.

Sei disso, mas a adrenalina faz estragos.

Passarinho

Quando pequeno, eu chorava cada vez que via um pássaro preso e armava estratégias para soltá-los, em geral sem sucesso. Teria mais trabalho em Nova Iguaçu, onde um personagem típico é o morador que leva seu passarinho, em geral um trinca-ferro, para passear. Ao retornar, cobre a gaiola com uma capa branca e volta a pendurá-la numa marquise. Por isso, minha amiga Jéssica Oliveira, moradora do Morro Agudo, não estranhou quando um homem carregando uma gaiola coberta entrou pela manhã na van da linha Riachão, no centro da cidade da Baixada Fluminense.

A viagem corria sem maiores sobressaltos quando, de repente, veio o susto. Ele botou a gaiola no banco a seu lado, levantou-se, se equilibrou, sacou uma pistola e anunciou o assalto. Jéssica conseguiu esconder seu celular embaixo da perna, mas duas senhoras perderam os aparelhos. Ela se pergunta:

— Que tipo de ladrão leva uma gaiola de passarinho pra fazer um assalto?

Boa pergunta. Seus amigos arriscaram algumas respostas. Houve quem elogiasse a tática:

— É o álibi certo.

No que outro concordou:

— Usou o bichinho como disfarce pra se passar como pessoa inofensiva — como se engaiolar uma ave não fosse preocupante.

Mas, de fato, funcionou.

Teve quem, ao contrário, achasse que faltou planejamento:

— Ele resolveu fazer o assalto em cima da hora.

No que foi ironizado:

— Isso. Tipo: pô, o passeio com o passarinho *tá* meio sem graça. Acho que vou fazer um assaltinho maroto aqui, péra aí.

Alguém sugeriu que foi arrastão:

— Vai ver o passarinho foi fruto de um assalto anterior.

Um amigo insinuou, bem-humorado, que o pássaro era cúmplice:

— Ele estava lá aprendendo. No próximo, já vai assaltar sozinho.

Mas houve quem se penalizasse com a ave:

— O passarinho também era refém. Foi sequestrado e está sendo levado para os assaltos para causar traumas. Assim dá para extorquir mais dinheiro da família. Com certeza, gravaram um áudio da ação e mandaram para os parentes do bicho.

Os trocadilhos foram inevitáveis:

— Pode ser uma nova versão do "levar no bico" — gracejou um.

— Foi um assalto temático: baile da gaiola — brincou outro.

— Se o passarinho for um trinca-ferro, até que pode fazer sentido — ironizou um terceiro.

— É o pássaro da sorte porque o ladrão não roubou seu celular — disse uma quarta pessoa.

— Agora é encontrar o meliante e fazer ele abrir o bico — fez troça mais um.

O futebol, como de hábito, entrou no jogo:

— Seria o tal canário belga? Malditos belgas, já roubaram nossa última semana de Copa, nosso hexa, e ainda querem roubar nossas vans! E o pior é que nem adianta prender porque ele estava lá participando do assalto mesmo atrás das grades!

Mas teve quem não se surpreendesse com a ousadia do bandido:

— Pra mim não é novidade. Há mais ou menos três meses entraram no meu quintal e roubaram três gaiolas do meu marido. Escolheram os pássaros mais caros.

Outro amigo de Jéssica igualmente teria desconfiado:

— Só o fato de ter um pássaro na gaiola já diz que essa pessoa não tem boas intenções.

E houve quem aproveitasse para criticar a polícia:

— Te falo que é mais fácil o malandro ser preso por causa do passarinho do que pelo assalto.

De resto, é como disse o roteirista Claudio Vicente Vianna, parafraseando Mário Quintana:

— Eles passaram (o celular) e o ladrão passarinho.

O Rubem Braga, não!

Estaciono à noite em Botafogo, por acaso em frente a uma loja que conserta vidros de automóvel. Na volta, vejo de longe cacos de vidro no chão. Imagino o pior. Mas meu carro está inteiro. Certamente, outro automóvel parou depois do meu e foi a vítima. Penso, sem esconder a ironia, que o motorista terá de voltar no dia seguinte ao mesmo lugar, desta vez não para estacionar, e sim para trocar o vidro.

Dias depois, paro numa rua na Lapa. Na volta, vejo novamente cacos no chão. Tento me manter otimista, mas desta vez não há jeito: quebraram o vidro lateral traseiro. O carro está todo revirado, mas curiosamente não levaram nada. O ladrão deixou para trás até um par de óculos escuros — o que demonstra, aliás, bom gosto, já que é brega toda vida. Devia estar à procura de CD *player*, mas faz tempo que dirijo em silêncio. Não porque queira, mas porque desisti de som no carro. Afinal, meu histórico de violência inclui dois carros levados e seis portas de automóvel arrombadas.

Pior que limpar os cacos que se infiltram em cada pedaço do veículo é aturar o porteiro curioso em saber como foi. Abro a janela dianteira, numa tentativa canhestra de disfarçar o episódio. Quem sabe ele não pensa que estou com calor e por isso resolvi abrir várias janelas? Não dá certo.

— Quebraram, né, seu Mauro?
— É.

Tento ser lacônico, mas a curiosidade dele é maior:
— Onde foi?

— Na Lapa.
— Ih, ali é o maior perigo. Levaram alguma coisa?
— Não.
— Que bom.

No dia seguinte, os outros dois porteiros também pedem detalhes do incidente. Impaciente, resolvo acabar logo com o problema. Depois de muita pesquisa, vou parar, por ironia, exatamente naquela loja de Botafogo. O movimento é intenso, a toda hora chega um carro com o vidro quebrado e um plástico tapando o buraco. Diga-se de passagem, o atendimento foi bom e o seguro cobria o prejuízo de R$ 99,00, à época.

Bem melhor do que das duas vezes que levaram o automóvel. Numa delas, estacionei por apenas vinte minutos, e, quando voltei, nada. Leva algum tempo até você se dar conta do sumiço. "Ué, já estou no meio da rua e nem sinal do carro. Já sei, devo ter estacionado mais pra frente. Mas eu não tinha parado no começo, quase na esquina?" Você vai e volta seguidas vezes, em busca de uma explicação. "Ah, devo ter parado na outra rua." Nada. "Será que rebocaram? Não, já são nove e meia da noite."

Até que chega a hora de enfrentar a realidade. O mais doloroso é fazer o inventário do que havia dentro. Ainda mais no caso de quem, como eu, transformava o veículo numa extensão da casa. Os documentos estavam no porta-luvas? Estavam. Ih, as chaves de casa também. Vou ter de trocar todas as fechaduras. E a pasta novinha, com todo o material de trabalho? Já era.

O balanço do que havia no automóvel demora dias. Os objetos vão aparecendo aos poucos na memória: fitas com entrevistas, blocos de anotação, bola de basquete, calção, tênis, luvas de boxe, toalha, carregador de celular, folhetos de apartamento, jornais velhos, copo de mate vazio, protetor solar, lenço de papel, óculos escuros, CDs... não, sem CDs porque o *player* já tinha sido levado havia tempo. Onde está meu chinelo, que sumiu do armário? No porta-malas, é claro. Será que os presentes que ganhei estavam no carro? Estavam. Devia ter devolvido a panela que peguei emprestada de minha mãe.

É um exercício de masoquismo, melhor desistir de lembrar. Impossível. Logo me recordo do sumiço que realmente me deixou irritado: livros de Drummond, de Fernando Sabino e de Rubem Braga autografados pelos três autores para o meu pai. Covardia. Eu aproveitava sinais vermelhos, engarrafamentos e esperas de médico e banco para ler. A única vantagem foi que, passados alguns dias, recebi em casa um pacote. Eram três livros de Fernando, devidamente autografados e enviados pelo autor, que soubera do roubo e se solidarizara com meu drama. Junto com o furto chegam as manifestações de consolo.

— Roubaram seu carro? — pergunta a vizinha.

— Não, foi furto — respondo.

— Graças a Deus, graças a Deus! — ela exclama, solidária, antes de prosseguir. — Eu fui roubada por três homens na Linha Vermelha e até hoje fico assustada com as lembranças daquela arma apontada na minha testa.

Pois é, chegamos a esse ponto. Foi furtado? Que bom que não foi roubado. Foi roubado? Que bom que escapou com vida. Morreu? Pelo menos não sofreu. Sofreu? Ih...

Quase tão chato quanto perder o carro é enfrentar a papelada da seguradora e a burocracia policial. Quer ver movimento, é só entrar numa delegacia. Eis que chega um rapaz musculoso carregando um garoto pela camisa. O menino, franzino toda vida, é arremessado balcão adentro, como se fosse um pedaço de papel amassado. A vítima grita:

— Esse moleque *tava* roubando meu carro.

Logo chega uma mulher espancada pelo marido. Pouco depois, um casal que também teve o carro furtado. Os dois estacionaram no Vaga Certa da Prefeitura, mas o guardador disse que o talão tinha acabado. "Fica por um real, doutor, e estamos conversados." Ficou. Quando os dois voltaram, nada de carro nem de guardador.

— É vaga certa pra roubar — a moça ainda encontra ânimo para fazer o trocadilho.

Um detetive registrava na máquina de escrever as informações e, de vez em quando, parava para falar ao telefone. Lá pelas tantas, tirou o aparelho do gancho.

— Só dá maluco — justificou, irritado.

Perguntei o que aconteceria se alguém quisesse entrar em contato com a delegacia para denunciar algum *probleminha*, como um assassinato ou um estupro. Ele me tranquilizou.

— Não tem problema. Esta linha aqui está funcionando — disse, apontando para outro aparelho, este no gancho. E completou, com um sorriso satisfeito: — Mas o bom é que ninguém sabe o número.

Tempos depois que registrei a queixa, um inspetor me ligou para, com voz burocrática, comunicar que recuperaram meu carro. Perguntei pelo estado do automóvel.

— Mais ou menos.

Nem me animei a perguntar sobre o que havia dentro. Um amigo ligado à área de segurança pública já tinha me desanimado:

— Se os bandidos por acaso deixarem alguma coisa de valor, o que é pouco provável, os policiais se encarregarão de ficar com o resto.

Mas o que havia de mais relevante para mim pouco importava para os ladrões: a papelada de trabalho e os livros de Drummond, Sabino e Braga. Quem sabe tinham escapado de ir parar em algum lixão? As chances eram reduzidas, mas há que se ter fé.

O policial me informou que eu teria de comparecer a São Gonçalo para recuperar meu carro, mas meu corretor disse que isso não era mais problema meu: a seguradora iria cuidar do caso. E tudo que fosse achado no interior do veículo, ele me tranquilizou, seria devolvido. Claro que não ouvi falar mais no assunto.

Ao desabafar com meu amigo Zeca Borges, coordenador do Disque-Denúncia, ele me diz que pensa em criar uma ONG de receptação. A ideia é acolher objetos que estavam em carros roubados. Porque quando o ladrão leva o veículo encontra um monte de material que não lhe interessa, como papéis, documentos, fitas, vídeos, fotos. Ele joga tudo no lixo enquanto você se descabela. Com a ONG, os associados teriam dentro do automóvel um adesivo dizendo: "Se você está roubando este carro, ligue para o telefone tal. Garante-se o sigilo e gratifica-se bem." O material devolvido seria levado para a instituição e ficaria guardado num escaninho, à espera do dono.

Trata-se de uma brincadeira, claro, mas, se existisse, facilitaria muito minha vida. Toda hora me dou conta de algo mais que se foi junto com o carro. É o carnê do IPTU, as agendas de telefone, a senha do Smiles, o cartão do Seguro Saúde, o contracheque, o cartão da videolocadora, o vídeo que tinha de ser devolvido, os pedidos de exame médico, o filme a ser revelado, as contas já vencidas e até o formulário para reembolso do valor de uma bagagem que foi extraviada pela companhia aérea. Cada dia é um susto.

Doce de amendoim todo trabalhado na beleza

Um senhor cego entra pedindo dinheiro no metrô. Ele diz que tem um cartão para provar sua deficiência. Perto de mim, um homem comenta com um colega sobre um "deficiente visual" que costumava mendigar nos trens da SuperVia:

— Um dia, os camelôs reconheceram o sujeito como um viciado que morava no mesmo morro deles e usava o dinheiro pra comprar drogas. De cego, não tinha nada. Levou uma coça pra deixar de ser esperto.

Ele completa:

— Lá na SuperVia não é que nem aqui no metrô. No trem, o buraco é mais embaixo.

Dias depois, por coincidência, lá estava eu num trem da Central rumo a Sulacap para encontrar um amigo. Antes mesmo de sairmos, os vagões já estão tomados por ambulantes.

— Biscoito polvilho sal e doce, que delícia!

Nesse comércio, o preço tem de ser baixo:

— Coca, água, guaraná, cerveja é dois reais! — grita um.

— Amendoim, qualquer pacote é um real! Com casca e sem casca, crocante! Sabor churrasco, salsa.

— Pacote de biscoito setenta gramas por apenas um real!

— M&M, Kit Kat, Chokito, Prestígio é um real!

A todo momento se ouve uma voz diferente, tentando se destacar e atrair a atenção de rostos cansados e desinteressados:

— Sacão de jujuba, só paga um real!

— Halls a um real!

— Pipoca é um real!

— *Qué* Batom? Quatro é dois!
Há produtos ainda mais em conta, que custam centavos:
— Bananada é cinquenta!
— Bala de coco ao puro coco é 25!
A porta começa a se fechar, um ambulante ameaça ficar preso dentro da composição e grita para um colega:
— Trava aí!
Ele consegue sair a tempo.
A comida é o carro-chefe, mas vende-se de tudo nesse mercadão em movimento.
— Carregador, pen drive, adaptador, cartão de memória da Samsung 32 giga a dez reais!
Um concorrente escorrega na concordância, mas capricha no preço ainda mais em conta:
— Cartão de memória 64 giga paga dez *real*!
Um senhor passa por mim carregando uns objetos grandes e floridos que não consigo identificar. É um produto versátil:
— Vai fazer mudança? Você compra e está levando ao mesmo tempo sacola, roupa, cadeira de praia e lenço.
Continuo sem entender do que se trata. Mas logo tenho a atenção dispersada para outro homem que oferece uma mercadoria mais tradicional:
— Capa pra sua identidade um real. Carteira que cabe identidade, CPF, serve pra guardar seu título, qualquer documento dá, paga dois reais!
Costuma ter de tudo a bordo: ovos, macarrão, leite, sardinha, milho, manteiga. E são usadas as mais variadas táticas de venda. Homens e mulheres anunciam a validade do produto, apregoam suas qualidades, fazem questão de destacar a marca.
— Fone de ouvido da Samsung e da Motorola!
— Bananada bacana, marca boa, natural, macia, original!
— Biscoito de *cookie* da Bauducco, validade até setembro de 2018, um é dois, quatro é cinco!
Uma oferta tentadora. Para se destacar da massa, é importante saber negociar.

— Quem gosta de promoção? Lá fora custa R$ 9,99, comigo leva caixa de bombons Garoto com quinze bombons a R$ 5,00. Validade é 31 de janeiro de 2018!

Mesmo quando não vende nada, há sempre um ambulante que pergunta:

— Mais alguém?

Tem gente que tira um sorriso dos lábios dos passageiros, de tanta criatividade.

— Olha a sobremesa do almoço e do jantar! Quase um quilo de doce. Para um quilo faltam só 940 gramas! É o doce de amendoim. Acabou de chegar da fazenda. É consistente e tem energia. É sem lactose, colesterol, gordura, glúten. É diferente da paçoca, esse aqui é todo trabalhado na beleza — diz o vendedor, aproximando-se de um homem. — Esse pé de moleque é só pra quem tem dente. Você tem dente? Paga só dois comigo.

Vendeu, claro.

Diferentemente do que acontece nos ônibus e no metrô, ninguém começa a falar justificando sua presença:

— Desculpa atrapalhar o silêncio da viagem dos senhores.

Em compensação, o comércio da fé, mesmo proibido, costuma eleger o trem como púlpito preferencial e encher os vagões com promessas de salvação e ameaças de danação eterna aos impuros. Naquele dia, fui poupado das pregações e dos cultos, e não pude purgar meus muitos pecados. Mas não escapei dos gritos:

— Dois reais o G!

Uma pechincha. Trata-se do maço de cigarro Gift, marca paraguaia que chega ao Brasil contrabandeada. Tem feito tanto sucesso que já está sendo falsificada por aqui. Ouvi falar também que pouco antes haviam roubado uma carreta imensa vinda do Paraguai cheia de pacotes da marca, e que estaria rodando por tudo quanto é lugar do Rio. O preço baixo está mais do que explicado.

É comum a malha ferroviária servir de escoadouro das cargas roubadas. Comprar muitas vezes é alimentar o mercado criminoso. Deve-se desconfiar em especial se está barato demais ou se o produto é perecível e deveria estar armazenado, conforme leio dizer ao jornal Extra o delegado titular da Delegacia de Roubos e Furtos de Cargas (DRFC), Maurício Mendonça.

Só que, em vez de assustar, a procedência ilegal por vezes serve até de propaganda. "O caminhão tombou, o preço baixou", diz um dos bordões mais repetidos por vendedores nos vagões, segundo a série de reportagens do jornal sobre o problema. Dos dezoito produtos rastreados pelos repórteres, nada menos de dezesseis eram fruto de roubos.

Andei na SuperVia num horário vazio, e a impressão é de um ambulante por passageiro.

— Você precisa ver na hora do rush — diz meu amigo quando chego à casa dele.

Apesar do excesso de vendedores, a confusão é apenas aparente. Não sai tanta briga na disputa por espaço porque todos obedecem a certas normas.

— Senão ninguém iria escutar nada — ele explica.

Assim é que, num vagão, um vendedor não se posiciona em frente ao outro. Eles podem ficar de costas, cada um falando numa direção. Ou então se encostar na parede, no meio da composição, cada um gritando para um lado do trem. Há outra regra:

— Se você faz a Linha Japeri, não pode entrar no trem da Linha Santa Cruz, por exemplo. Da mesma forma, o pessoal de Ricardo de Albuquerque tem de saltar em Deodoro e voltar. Ele não pode ir direto até a Central do Brasil.

Esse *share* de mercado evita maiores atritos e faz com que os trens abriguem um fluxo ininterrupto de ambulantes. Há mais uma lei a ser observada pelos camelôs ferroviários:

— Quem está começando tem de vender algo que ninguém mais tem pra não concorrer.

Exemplo: um pano de prato que a mulher fez ou um doce caseiro. Aí a pessoa tem passe livre, pode rodar onde quiser. Não sei se era o caso do sujeito que apareceu com uma mercadoria aparentemente difícil de vender. Não para ele.

— Lanterna de qualidade! É o produto ideal pra você que caça, pesca, sobe monte, trabalha com mecânica de carro. E o verão vem chegando. No verão, se chove, falta luz; se venta, falta luz; se faz sol, falta luz. É um produto que tem três funções. A primeira função é a lanterna de LED de longo alcance e com grande foco. A segunda função, você destrava dos lados e vira um lampião de LED que clareia 500 metros ao redor. E a terceira função é entrada de USB pra você recarregar seu smartphone. Esse produto não usa pilha, ele carrega com sol. É isso mesmo, recarrega com tecnologia de raios solares! Tenho nas cores azul e dourado. No Mercado Livre sai a oitenta, hoje você me paga apenas vinte. Vai comprar? Eu testo aqui na hora pra você.

Com um marketing desses, sorrisos e carteiras se abriram.

O peso da cidade

Minha mulher reclama que tenho andado encurvado. Ou melhor, mais encurvado do que o habitual. O que teria acentuado essa postura, além da timidez que me acompanha desde sempre? O peso dos anos? A ressaca eleitoral? A vergonha alheia por nossos dirigentes? O uso excessivo do celular? As lesões no pé esquerdo e no joelho direito? Vai ver que o fim de uma coluna, a que eu assinava no jornal, impactou a outra, a vertebral, vergando-a.

A pedido de minha mulher, resolvo endireitar as costas ao andar. Mas logo tenho de curvá-la de novo.

— Cuidado com o cocô de cachorro! — ela avisa, puxando-me para o lado.

Prosseguimos na caminhada. Ela sabe que sou distraído, então me alerta:

— Olha o buraco!

Abaixo o olhar, desvio-me da cavidade e retomo o passo. Mais à frente, ela diz:

— Atenção que tem um vazamento de água.

Evito as poças que fazem parte do cenário carioca e sigo em frente, costas eretas, apenas para tomar cuidado de não pisar em um cobertor estirado ao chão que abriga um homem ou uma mulher, mal dá para saber.

Ao longo do caminho, enfrento obstáculos como fradinhos — blocos de concreto, geralmente em forma cilíndrica, para impedir que carros estacionem sobre a calçada —, desníveis, crateras, depressões, postes, raízes de árvores, canteiros, orelhões, caçambas, latas de lixo, grades, mesas, cadeiras, bancas, hidrantes, sinais, placas, bicicletas, motos, carros mal parados e até coisas esquisitíssimas, indecifráveis, como um imenso caixote azul abandonado.

O Rio vai mal das pernas e faz mal às pernas, caso você não preste atenção. Ao voltarmos para casa, garanto à minha mulher que vou aprumar a coluna e tentar seguir os ensinamentos do músico Walter Franco, que nos anos 1970 cantava: "Tudo é uma questão de manter/A mente quieta/A espinha ereta/E o coração tranquilo."

Só ainda não descobri como cumprir a promessa numa cidade que conspira contra a cabeça relaxada, as costas erguidas e a paz de espírito.

O sonho da porta própria

Devia ter seus cinquenta e poucos anos e estava se aprontando para dormir. Ajoelhou-se, pegou uma embalagem vazia de chocolate de 500g e alisou com delicadeza o papel laminado. Repetiu o gesto algumas vezes, até se certificar de que estava esticado o suficiente. Em seguida, deitou-se de lado e apoiou o rosto no fino suporte de alumínio. Estava sujo, vestia roupas puídas, não tinha cobertor e permanecia com o resto do corpo encostado diretamente na calçada. Mas mantinha um mínimo de dignidade com seu pequeno travesseiro improvisado.

Ao ver o esforço do homem em ajeitar o descanso onde deitar a cabeça, lembrei-me de outro senhor que descolou uns caixotes caindo aos pedaços e espalhou-os pelo chão. A arrumação parecia não seguir nenhuma lógica. Pegou um cobertor surrado e amarrou uma ponta na grade do prédio. Com uma pedra, prendeu a outra ponta em cima de um caixote. Estava pronta uma lateral. Fixou um pano em outra parte da grade, formando, assim, mais uma lateral. Com um segundo cobertor, igualmente gasto, e alguns plásticos, improvisou um teto. Tudo não devia ter mais do que meio metro de altura. Mexe daqui, mexe dali, aos poucos foi tapando todos os espaços. Sobrou só uma fresta por onde se podia entrar. Qual um engenheiro improvisado ou um arquiteto popular, ele ia pouco a pouco erguendo sua construção efêmera em plena calçada. Até que finalmente deu por concluída sua obra e disse:

— A casa *tá* pronta.

Ele tinha razão em se sentir satisfeito e orgulhoso de sua conquista. Afastei-me dali e segui meu rumo, consciente de que mal enxergamos as pessoas que vivem à margem, a não ser para reclamar de sua presença indesejada. São raros os momentos em que prestamos real atenção, como fez uma amiga, que resolveu perguntar a um homem qual era o seu sonho.

— Uma porta — respondeu.

Trivial para quem tem sempre uma maçaneta à mão. Mas um desejo distante para quem está ao relento.

3x4

Chego de São Paulo e atravesso a passarela para pegar um táxi longe do Santos Dumont e evitar a confusão que se forma em torno do aeroporto. Caminho distraído quando ouço uma voz:

— O senhor me pagaria duas fotos 3x4? Eles exigem pra se inscrever como faxineiro.

Mal espero a frase terminar e já respondo, no reflexo, sem nem olhar para seu rosto:

— Não vai dar, não.

Já vi muito golpe do tipo "fui roubado e preciso de dinheiro pra passagem", e imagino que aquele pode ser uma variante. Mas logo bate a culpa: "E se ele estiver falando a verdade? Talvez seja melhor checar do que ficar indiferente ao pedido achando que é truque. E se, ao contrário, acredito no homem e depois percebo que é mentira?"

Já vivenciei todo tipo de sensação. Remorso por não ter ajudado alguém que precisava. Raiva de ter sido enganado porque ajudei quem não merecia. Alegria por ter ajudado achando que, de fato, ajudei. Tristeza por não ter ajudado quando poderia.

Arrependido com a minha rispidez, fico observando o homem a uma distância prudente de forma que ele não possa me ver. Está com um envelope nas mãos. Pode bem conter algum documento. E eu nunca tinha ouvido falar de alguém pedir dinheiro para foto. Caso seja golpe, há de se louvar a engenhosidade da trama. Aproximo-me e pergunto:

— Que história é essa de foto?

Ele abre o envelope, mostra-me uma ficha de inscrição e diz que havia se candidatado a uma vaga de faxineiro. Mas faltavam as fotos. Tinha ido ao aeroporto e viu que custavam R$ 12,50. Como não tinha o dinheiro, saiu em busca de ajuda. Um homem se dispôs a pagar, mas, como estavam longe do aeroporto, foram a outra loja, mais próxima. Só que o estabelecimento não fazia mais o serviço. Recomendaram uma papelaria a algumas quadras dali, mas o senhor que o acompanhava precisou seguir caminho. A história parecia fazer sentido. OK, eu digo que vou com ele.

No trajeto, conversamos. Feliz por ter encontrado um ouvinte, ele revela que era dono de um ônibus pirata que fazia a ligação entre Queimados e a Central do Brasil, mas que o veículo fora apreendido pela Prefeitura e que seria preciso pagar R$ 6.800,00 pela liberação. Como ele não tinha esse valor, deixou para lá. Comento que tinham feito muito bem em confiscar o ônibus, que não se pode dirigir um veículo irregular, que é arriscado e ilegal. Aos ouvidos dele, o sermão deve soar como um grande blá-blá-blá.

Mas ele garante que agora quer um trabalho honesto. O problema é que tem recebido várias negativas, seja porque mora muito longe, seja por ter mais de 50 anos. Está com 53, mas se me dissesse que eram 70 eu acreditaria. Ele explica que emagreceu e envelheceu demais nos últimos tempos. Tem diabetes, a Santa Casa está fechada naquele momento e, com isso, ele não tem podido pegar seus remédios gratuitos. Sente tonturas frequentes. Mostra-me a receita do médico para provar. É um caso que condensa vários dramas brasileiros, como a falta de saúde pública, a moradia distante, a informalidade e o desemprego, em especial para quem está na meia-idade.

Chegamos, enfim, à papelaria.

— Não tiramos mais fotos — diz o dono.

— Tem algum outro lugar que tire? — pergunto.

— No caminho da Cinelândia tem.

Tínhamos andado durante algum tempo pelo Centro e ainda teríamos de caminhar bem mais. O sol queima, eu puxo uma mala e estou atrasado para o trabalho. Sinto uma mistura de sentimentos e penso em como o Rio deixa a gente com desconfiança e remorso.

Abro a carteira, dou a ele R$ 10,00 e pergunto se ele se importa de procurar a loja sozinho. Ele diz que não e conta que voltará ao aeroporto. "A distância é longa", penso, mas, pelo menos, lá ele encontrará um local garantido para tirar a foto. O homem agradece e fala que pedirá os R$ 2,50 restantes no caminho.

Desejo-lhe boa sorte, despeço-me, viro as costas, parto e só aí me dou conta: "Por que não dei logo os R$ 12,50, poupando-lhe de ficar convencendo outra pessoa de que fala a verdade?" Mas já era tarde e segui remoendo a culpa.

Mais tarde, ao ouvir o relato, dois colegas me contam terem sido abordados da mesma forma, levando-me a desconfiar de golpe. Irrito-me, mas sou consolado pela amiga Andréa Pachá:

— Se foi mesmo para as fotos, menos mal. Caso contrário, é um preço razoável para um contador de histórias.

No que concorda outro amigo, Daniel Becker, para quem se trata de um pedinte — ou melhor, de um trabalhador da ficção — de grande talento. Um homem ganhando seu pão de forma nada agressiva, capaz de despertar simpatias, recebendo pouco para narrar uma história que nos envolve mais do que qualquer novela e que nos leva a refletir sobre as questões e problemas de nossa cidade e do nosso cotidiano.

A queda do muro

Visto um short, uma camiseta e um tênis, e saio para caminhar. Cortei o cabelo há pouco, o que me confere um ar mais jovial. Ando em passos rápidos. A certa altura, ouço uma voz feminina atrás de mim:
— Senhor!
Se fosse "moço!", atenderia. Mas sei que não é comigo. Continuo em marcha até que escuto de novo a mesma voz:
— Senhor!
Um pouco por impulso, um pouco por curiosidade, um pouco por pensar que talvez se referisse a mim, por mais improvável que fosse, decido me virar para entender de onde parte aquele apelo tão insistente. Uma mulher vem em minha direção, não deixando dúvidas de que sou mesmo o alvo daquela convocação. Lembrei-me de Rubem Braga, que ao ouvir uma jovem chamá-lo de "senhor", escreveu: "Essa palavra 'senhor', no meio de uma frase, ergueu entre nós um muro frio e triste."
A mulher que me invoca não é jovem nem velha. Se eu tivesse de descrevê-la, chamaria de "moça".
— O senhor deixou cair isso do bolso — ela diz, enquanto me estende uma nota de R$ 50,00.
Agradeço e sorrio. Ao contrário do muro frio e triste de Rubem Braga, aquele "senhor" ergueu entre nós uma ponte alegre e esperançosa, que traz alento numa cidade que nos embrutece a cada dia.

Frutos perdidos

Sentiu um impacto forte na cabeça e pôs a mão, à procura de sangue. Estava seco. Achou que era pedra caída de um prédio, mas olhou a calçada e viu o que causara a dor: uma amêndoa. O outono traz consigo dias claros, um clima ameno e um fruto comestível que volta e meia desaba em cabeças e tetos de carro, de forma barulhenta, provocando sustos e amassados.

Não que o carioca precise de muito para se sobressaltar, mas é uma surpresa a mais nessa época do ano. O risco das amêndoas perdidas, na criativa expressão de meu amigo Fernando Molica, é ainda maior para pais acompanhados de bebês. Convém tapar os carrinhos para evitar os estragos vindos de cima. O fruto já chegou até a servir de arma inusitada em mãos insuspeitas, como percebeu a jornalista Tania de Athayde, atingida por amêndoas disparadas por micos que se divertiam em atacá-la.

Árvore bonita e frondosa, a amendoeira ajuda a embelezar a cidade, a reduzir a poluição, a cobrir as ruas de sombra e a resfriar a temperatura. Conhecida também como "chapéu de sol" por sua copa ampla que fornece abrigo contra o calor, já chegou a inspirar Rubem Braga, que as comparou com tímidas meninas de orfanato, "muito direitinhas na forma, que, não sendo vigiadas, começam a se comportar como verdadeiras molecas de rua".

Outro que enalteceu suas virtudes foi o poeta Drummond, que abriu a janela matinal e pousou a vista nessa espécie de anjo vegetal oferecido a seu destino. Um destino que se apresenta de forma menos lírica a síndicos e porteiros: como vizinha incômoda, eles que vivem a varrer seus frutos e a erguer canteiros de contenção para evitar que suas raízes arrebentem a calçada. E que se esforçam para que as folhas não tenham como alvo os bueiros, contribuindo para entupi-los.

Já ouço o leitor reclamar do outro lado. Calma. O cronista sabe que é preciso louvar as árvores, não demonizá-las, ainda mais quando o Rio tem regiões tão pouco servidas de verde. Aliás, estudos mostram que, quanto menor a cobertura vegetal de um bairro, mais pobre é a localidade. Mas, e aí me apresso a explicar, se é urgente reduzir a desigualdade, seja ela arbórea ou econômica, que haja planejamento.

Dizem que as amendoeiras chegaram ao país nas primeiras embarcações de Portugal. Os troncos eram usados como contrapeso nos barcos. "Entraram de gaiatas num navio da esquadra portuguesa e em cá chegando tomaram gosto pelo sol quente, a água farta, a salinidade do mar e o prezo dos munícipes por uma boa sombra. Foram ficando", escreve Joaquim Ferreira dos Santos na crônica *Tiros no outono*. O problema é que saíram do controle e, como bem diz Joaquim, se tornaram "portentosamente inconvenientes".

Dessa forma, para evitar novos inconvenientes, há outras opções para cobrir os muitos vazios da cidade, como os oitis, as acácias, os tamarindeiros, os flamboyants, as figueiras, os ipês, as quaresmeiras. Por seu porte, as amendoeiras caem melhor em pontos mais espaçosos, como o Aterro do Flamengo e o Posto 6. Plantadas a torto e a direito por calçadas estreitas, por vezes elas também acabam se tornando vítimas, desnudadas por podas excessivas e humilhadas por cortes abruptos. Não gostamos de seus "tiros", mas elas certamente temem a crueldade de nossas serras.

SALA DE ESTAR

Amor infinito

Leio um livro para Alice antes de dormir. Chama-se *Adivinha quanto eu te amo*. O coelho pai e o coelhinho *disputam* quem mais ama o outro. O filho estica os braços o mais que pode para mostrar o tamanho do seu amor, e o pai faz o mesmo. O filho levanta os braços ao máximo, o pai repete o movimento. E assim por diante. Tudo o que o coelhinho faz, o pai faz a mais. Não havia jeito, o pai sempre ganhava. Até que o coelhinho teve uma ideia que julgou imbatível. Pensou que nada podia ser maior do que o céu e disse:

— Eu te amo ATÉ a LUA!

O pai se deu por vencido e respondeu:

— Puxa, isso é longe, longe mesmo!

E o filho, enfim vitorioso, relaxou e fechou os olhos. O pai esperou ele dormir e sussurrou:

— Eu te amo até a lua... IDA E VOLTA!

Minha filha escuta a história e diz:

— Pai, adivinha o quanto eu te amo? Eu te amo tudo isso — ela fala, abrindo os braços.

— E eu te amo tudo isso — digo, repetindo o gesto.

— Eu te amo até os Estados Unidos — a menina de 5 anos rebate.

— E eu te amo até a Austrália — afirmo.

— E eu te amo até a Austrália ida e volta — ela diz.

— E eu te amo até a Nova Zelândia — apelo.

— Eu te amo até o oceano — é a vez de Alice falar.

— E eu te amo até as montanhas — devolvo.

Ela para, pensa, olha para o teto do quarto, onde estão colados adesivos dos planetas, e diz:
— Pai, eu te amo o universo todo.
Percebe que falou algo grande, mas acha melhor se certificar:
— Pai, o que é mesmo o universo?
— É tudo — respondo.
Alice sorri, satisfeita, sabendo que tinha vencido. Afinal, não daria para eu dizer: "Eu te amo o universo todo ida e volta." Passa um tempinho, ela se dá conta de que exagerou e conserta:
— Pai, eu amo a mamãe o universo todo e você eu amo a Terra, *tá*?

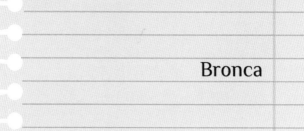

Bronca

Meus filhos se escondem debaixo das cobertas enquanto eu finjo que sou um monstro. Faço barulhos assustadores e digo, com voz cavernosa, que vou levá-los para as profundezas das trevas, entre outras ameaças de igual calibre. O menino de 4 anos acaba se assustando de verdade. Cai no choro, o rosto se enche de lágrimas, soluça sem parar. Suplica, aos prantos:

— Mamãe, onde está mamãe?

A mãe vem, abraça-o, diz palavras afetuosas, faz carinho e, aos poucos, ele começa a se acalmar. Ela me olha de cara feia e, por fim, me dá uma bronca. Minha filha de 7 anos também chama a minha atenção. Eu, culpado, falo com ele, num tom de voz amoroso:

— Meu amor, me desculpe, papai estava brincando. Olha, é papai que está aqui, não tem monstro nenhum.

O menino, enfim, me olha menos desconfiado. Assim que se recupera, abre um sorriso e pede:

— Vira monstro de novo?

E com isso tenho de repetir a brincadeira até cansar.

Castigo

Alice diz que preciso fazer um livro que dê dinheiro. Explico que livro dá pouco dinheiro e muito trabalho. E cito o caso do meu *O espetáculo mais triste da terra*, feito durante a fase inicial da vida dela.

— Não dei atenção a você em seus primeiros dois anos e meio de vida. Eu trabalhava de dia, de noite, de madrugada, nos fins de semana, nos feriados, nas férias, conciliando o jornal com a preparação do livro.

A menina de 7 anos me olha primeiro com cara de espanto. Depois, de indignação. Em seguida, de tristeza. Como que tomada por uma súbita revelação, ela fala:

— Mas eu era o que você mais queria na vida. Você sempre diz isso.

— E era. Tanto que chorei quando sua mãe contou que estava grávida.

— Mas então por que não me dava atenção? — pergunta Alice, com os olhos cheios de lágrimas.

Achei melhor reformular a frase original:

— Não é que eu não tenha dado atenção, mas é que eu não dei toda a atenção que queria.

Não funciona. Recorro aos clichês:

— Filha, não é a quantidade de tempo que importa, e sim a qualidade. Além do mais, sua mãe dava toda atenção a você.

E peço:

— Esquece isso.

— Não adianta. Agora que eu sei, não dá pra esquecer.

Em seguida, ela me pega pela mão, me leva para minha cama e me cobre com o cobertor, formando uma espécie de cabana. E diz, em tom dramático:

— Esse é o espaço do pensamento. Você vai ficar aqui de castigo e pensar no que você fez por causa de um livro.

Fico ali por um tempo, até que me arrisco para fora da coberta. Aproximo e pergunto, com doçura, se está tudo bem.

— Estou triste. Ainda não perdoei.

Mas não precisei voltar para o espaço do pensamento. Aprendi a lição.

Manhã de sol

Chego cedo à Praia de Ipanema. Procuro um lugar mais perto da água, já que meu filho de 5 anos gosta de brincar com as ondas, mas o espaço está quase todo tomado por cadeiras. Vazias. Os barraqueiros privatizam a praia, guardando lugar para os clientes, que virão mais tarde.

Acabo encontrando uma brecha. Aos poucos, começa a chegar mais gente. Eu e ele nos divertimos na beira do mar. Abrimos buracos, construímos castelos, erguemos muros, nos tornamos reis e soldados, nos cobrimos de areia molhada, deixamos a água fria banhar nossos corpos, nos esparramamos debaixo do sol intenso, somos surpreendidos por uma onda mais forte.

Mais tarde, um grupo de rapazes começa a jogar altinho ao nosso lado. É uma tradição nas praias cariocas, às vezes reprimida, em geral tolerada. Os jogadores se movimentam com destreza — e velocidade. A bola por vezes escapa e voa longe. Acho melhor ficar em pé para formar uma barreira de proteção e permitir que meu filho brinque sossegado. Distraído, levo uma bolada nas costas. O jovem pede desculpas, digo "tudo bem", mas acho melhor mudar de lugar.

Encontramos um trecho um pouco vazio e retomamos aqueles prazeres simples de antes. Meu filho deixa que o mar o atinja, prende as mãos na areia para não ser arrastado, vai e volta ao sabor das ondas. Logo outro grupo, de meninos e meninas, forma mais uma roda de altinho. A bola encosta numa moça que pegava sol de costas, ela leva um susto, faz cara feia, o rapaz se desculpa.

Com preguiça de me erguer, continuo deitado com ele. Uma onda vem e cobre o menino, que engole água e se queixa de ardência nos olhos. Pede minha ajuda para secá-los — é a única ajuda que pede naquela manhã de sol. Prefere enfrentar sozinho as águas ameaçadoras que se aproximam. Talvez porque não tenha noção do perigo, talvez porque saiba que estou de olho o tempo todo, talvez porque perceba que, por vezes, impeço com a perna que a onda o arraste para o mar. Não importa. Para nós dois, ele é um valente e audaz "menino do Rio", um "surfista", como se autointitula — sem prancha, mas com disposição.

A tranquilidade acaba quando levo uma pisada que deixa meu pé direito dolorido. O jogador pede perdão. Acho melhor me levantar e formar nova barreira de proteção. A bola e os corpos tiram fino de mim, obrigando-me a estar sempre atento. Olho em volta e percebo que pouco adianta trocar de local. Naquele começo de tarde há, em toda a beira de Ipanema e do Leblon, uma intensa movimentação de bolas subindo e descendo, formando um cenário que renderia uma belíssima foto.

Melhor relaxar. Meu filho me cobre de areia. Brinco que sou o "papai à milanesa". Pego-o no colo e entramos no mar. Uma onda forte quase nos derruba. Rimos. Saímos da água sem conseguir nos limpar. Ele volta a rolar na areia, ignora meus seguidos avisos de que já está na hora de ir, corre de um lado para o outro, solta mais um gritinho de felicidade. Observo-o atentamente, não escondo um sorriso, me imagino com sua idade e, em meio a tanta gente, sinto-me o mais privilegiado dos banhistas.

"Desdá o laço?"

Com a impaciência natural da idade, meu filho de 5 anos pergunta se vai demorar para chegarmos à casa da avó. Já estamos na rua dela, mas eu, implicante toda vida, digo:
— Ainda vai demorar muito.
— Mas eu estou com fome — ele protesta.
— Pode esperar que está longe — a mãe entra na brincadeira.
— Ah, não — ele reclama.
Estamos quase lá e eu insisto que ainda falta. Meu filho faz cara triste até que a irmã de 8 anos se revolta com a infantilidade dos pais e explica a ele, com irritação na voz:
— Eles estão sendo sarcásticos.
O vocabulário infantil não cansa de nos surpreender. Quando Alice estava aprendendo a contar, enumerou:
— Dezesseis, dezessete, dezoito, dezenove, *dezedez*.
Faz sentido. Na mesma época, aos 5 anos, ela brincava com o avô, tentando botar um *band-aid* de brinquedo no pulso dele. Por fim, festejou:
— *Cabeu*.
— Coube — eu corrigi.
— *Coubeu* — ela disse, criando o neologismo.
Certa feita, Alice lia um texto quando a mãe fez uma correção. A menina de 7 anos alegou que estava certa e reclamou:
— Mãe, para de corrigir os meus não-erros.
Verissimo chegou a escrever sobre o vocabulário de sua neta, Lucinda. Ela viu uma coisa engraçada na rua e disse:
— Eu *risei*!

A partir daí, o genial cronista estabelecia a diferença entre rir e risar. O que ele não falou na crônica, mas me contou depois, é que ela criou outro neologismo. Lucinda não fala "namorado". Para ela, o certo é "amorado". Ela ouviu falar em amor, observou que isso une duas pessoas e inventou a palavra.

Como toda criança, meu filho Eric tem definições inusitadas. Aos 5 anos, estava com um problema na garganta e, desconhecendo a palavra "saliva", disse:

— Dói quando eu engulo a água do meu corpo.

Dois anos antes, sem querer dar o braço a torcer e admitir que havia perdido uma peça que prende a borracha dos óculos de natação, falou:

— Eu não perdi, pai. Eu me distraí dela.

Ele costuma seguir a lógica:

— Pai, *desdá* o laço do tênis pra mim?

Depois que tirei meus jornais empoeirados de sua mesa, Eric pediu, a seu jeito, que eu não sujasse o móvel outra vez:

— Não vai *deslimpar* de novo, pai.

Uma vez, aos 6 anos, após jogar futebol, não disse que estava cansado. Preferiu usar:

— Pai, minha perna está desgastada.

Mais cedo, durante a partida, comemorou um chute que deu com o calcanhar:

— Pai, eu acertei a bola com o traseiro do pé.

Um professor colombiano, Javier Naranjo, compilou entre seus alunos de escolas rurais cerca de quinhentas descrições criativas, poéticas e originais para 133 palavras. O resultado foi o dicionário *Casa das estrelas: o universo contado pelas crianças*, lançado pela primeira vez em 1999, que ganhou nova edição em 2013. "O branco é uma cor que não pinta", segundo Jonathan Ramírez, de 11 anos. Adulto é aquela "pessoa que em toda coisa que fala, fala primeiro dela mesma", na versão de Andrés Felipe Bedoya, de 8 anos. Sexo "é uma pessoa que se beija em cima da outra", na opinião de Luisa Pates, também de 8 anos. Escuridão "é como o frescor da noite", observa Ana Cristina Henao, da mesma idade.

É mesmo fascinante prestar atenção ao que dizem as crianças.

Competição de arquitetura

Sou convocado ao quarto. Meus filhos tinham pegado a caixa de blocos de montar e feito, cada um, uma casinha de madeira com as peças que vêm no brinquedo.

— Você vai ser o jurado, pai — avisa Alice, que acaba de completar 9 anos.

Estremeço. Sempre que é preciso julgar alguma competição entre os dois, é confusão na certa. Se escolho um lado, o outro reclama e, em casos extremos, chora e grita. Se fico indeciso, me atazanam a paciência até sair de cima do muro.

Da cozinha, minha mulher escuta o pedido de Alice e confirma meus temores:

— Brincadeira de juiz nunca dá certo.

Preciso ser o mais diplomático possível. Eu analiso as duas pequenas construções de madeira, boto a mão no queixo, coço a cabeça e me esquivo:

— As duas estão muito bonitas.

— Mas qual está melhor? — quer saber Eric, de recém-completados 6 anos.

Pelo visto, a tática não deu certo. Tento outra estratégia: usar palavras complicadas que deixem os dois confusos.

— A sua está mais harmônica, Alice.

— O que é isso?

— Está mais equilibrada. Sua casa tem uma simetria maior, está bem proporcional. Há uma busca por seguir um padrão mais formal.

Ela me olha com uma cara intrigada.

— E a minha? — pergunta Eric.

— A sua rompe o pré-estabelecido. É mais assimétrica, vai contra as normas convencionais. É mais desconstrutivista, foge à ordem tradicional. Tem mais rebeldia.

Ele se aproxima e me dá um encontrão.

— Ei, eu te elogiei, filho — reclamo.

— Ah, tá.

— Mas, afinal de contas, quem ganhou? — Alice insiste.

É hora de voltar a ser político:

— Não dá para comparar. São dois estilos muito diferentes, ambos com sua beleza.

Será que agora deu certo? Alice sai de perto, dizendo, animada:

— A minha casa é incrível, a minha é harmônica!

Eric ouve e rebate:

— E a minha é diferente de todas!

Funcionou. Ou, pelo menos, parecia que tinha funcionado. Passados alguns minutos, Alice se aproxima, chega perto do meu ouvido e sussurra:

— Pai, agora fala a verdade, qual que você gostou mais?

— Amor, as duas estão legais.

— Pode dizer, eu sei que você achou uma casa mais bonita. Qual é?

— A do Eric.

— Não!!!!

— *Tá* bom, foi a sua.

Ela se afasta, contente. Nada como evitar atritos. Ainda mais perto da hora de dormir.

Quem manda

Escovar os dentes de Alice exige uma boa dose de paciência. Minha filha se esquiva, balança o rosto, mexe a boca, bagunça seu cabelo. Quando finalmente consigo limpar os dentes de baixo e peço que cuspa a pasta, a menina de 4 anos e meio diz que primeiro eu tenho de escovar também os dentes de cima. Explico que só depois, mas ela responde:

— Minha mãe não faz assim.
— Cada um faz do seu jeito, Alice.
— Não, cada um faz do seu jeito em outra família. Aqui nessa casa cada um faz do seu jeito da minha mãe.

Ela sabe direitinho quem manda. Lembrou-me até Henry Ford, pioneiro da indústria automobilística, que dizia: "O cliente pode ter o carro que quiser, contanto que seja preto."

Hora de dormir

Minha mulher sai com as amigas e fico com a tarefa de botar as crianças para dormir. O ideal, ela me avisa, é que estejam na cama até, no máximo, oito e meia. Mas, como minha filha de 8 anos e meu filho de 5 sabem que é fácil manipular o pai, enrolam o quanto podem. É preciso chamar várias vezes para escovar os dentes.

— Só mais um minutinho — pedem, enquanto veem pela enésima vez o mesmo desenho ou seriado de TV.

Esse minutinho se alonga por vários outros. E se transforma em alguma de suas variantes: "Já vou"; "Ainda não"; "Agora não"; "Deixa eu ver só mais um pouquinho". Finalmente, a muito custo e tendo de apelar para a frase "o último que escovar os dentes é mulher do padre!" — ou, pior, "o último que escovar os dentes ganha beijo do papai!" —, eles saem da frente da televisão. Mas é apenas para pedir que, depois da escovação, brinquemos.

— Só se for uma vez — eu digo.

— A gente promete.

A quem queremos enganar? Eu e eles sabemos que não é verdade. Brincamos de luta, aviso que acabou e eles retrucam:

— Uma última vez.

— Mas a última vez era a vez passada.

— Dessa vez é a última mesmo.

E assim a última vez vai se desdobrando em várias últimas vezes. Só aí me lembro da advertência de minha mulher, antes de sair: "Não brinca de luta porque vai deixar os dois agitados." Após as farras, é chegada a hora da leitura. Como está tarde, negociamos que será um livro curto. Assim que terminamos, eles pedem outro, e, como sou sensível à causa literária, obedeço. Em seguida, apago a luz.

A hora de dormir é sempre complicada. Cada um quer que eu deite um pouco a seu lado. Combinamos que ficarei na cama de Alice, mas fazendo carinho em Eric, que está na cama de baixo. O difícil é achar o momento certo de sair do quarto. Não inventaram ainda uma máquina que avisa se os filhos estão dormindo. Aguardo um bom tempo e começo, enfim, a me levantar lentamente. A cama estala e o braço de Alice me prende, como quem diz: "Nem pense em sair."

Volto a me deitar, espero mais um pouco, dou uma cochilada, desperto e tento sair novamente, sem sucesso: agora é uma perna que se entrelaça à minha. Retorno à posição original, e dessa vez é Eric quem cobra a continuidade da massagem. O tempo passa, não é possível que ainda não tenham dormido. Levanto-me com todo o cuidado e, no instante de deixar o quarto, esbarro num brinquedo no chão. Alice levanta a cabeça e pergunta:

— Pai, aonde você vai?

— Ao banheiro — minto —, mas volto já.

Finjo que vou ao banheiro e aguardo, parado perto da porta. Quando noto que está tudo em silêncio, saio sorrateiramente em direção à sala, ávido por jantar e ver mais um episódio de um seriado. Apenas para escutar a vozinha vinda do quarto:

— Pai?

Assobio, defensores e detratores

Eric anuncia, orgulhoso, sua mais nova conquista:
— Papai, já sei assobiar. Quer ver?

O menino de 6 anos tenta e mal consegue algum resultado, mas fica satisfeito e fala:
— Viu?

A irmã de 9 anos, pragmática, desdenha:
— Isso é só um sopro.

Ele se irrita:
— Não é, não. É assobio. Só que baixinho. Meu assobio parece neve caindo — poetiza.

Devo concordar com Alice, não foi bem um assobio. Ele se aborrece e me desafia:
— Ah, é, então mostra como se assobia.

Meu repertório "assobial" é limitado, então vou de hino do Flamengo mesmo. Eric e Alice, que são tricolores, reclamam da escolha. Ele sugere outra música:
— Pai, você sabe assobiar *A noite vai brilhar*?

É uma canção do desenho *Os Jovens Titãs em ação*, que eles acabaram de assistir. Eu tento, mas ele me recrimina:
— Está fora do ritmo.

A irmã concorda. Pergunto aos dois como o assunto "assobio" veio à tona. Eles explicam que um dos Jovens Titãs, Robin, tem o poder do assobio.

— É o raio do assobio da morte! — diz Eric, inventando um nome. — É um laser mortal. Eu não sabia que um assobio podia ser tão poderoso. Ele tem o poder de encantar ou de destruir.

Sem saber, meu filho fez uma bela síntese. Afinal de contas, o assobio desperta amor e ódio. A tal ponto que vários cronistas já se ocuparam do tema. Dois deles, Nelson Rodrigues e Carlos Heitor Cony, eram fãs e se diziam nostálgicos. Nelson lamentava que o assobio tivesse ficado reduzido a um sinal, um chamamento, uma exclamação, uma vaia, alguma coisa que se faz com a boca para chamar a atenção. Cony concordava: "Assobiar mesmo, passou de moda." Ele invejava Sérgio Porto, o Stanislaw Ponte Preta, que, tempos antes, passou um ano escutando os operários que construíam o prédio ao lado do seu assobiarem *Carinhoso*.

Se o assobio tem seus admiradores, também tem seus detratores, como Ivan Lessa. Ele detestava desde o *fiu-fiu* politicamente incorreto até sons mais elaborados emitidos por indivíduos que se consideravam virtuosos. Lessa chegou a especular que talvez tivesse passado tanto tempo na Grã-Bretanha por causa da ausência de assobios. Como explicou numa crônica: "Nós, brasileiros, assobiamos demais (...) O assobio, pra mim, é algo profundamente desagradável. (...) O sujeito assobiou: segue que alguma besteira ele está tramando, está fazendo ou acabou de fazer." Em outra crônica, ele chegou a escrever, com semelhante exagero caricatural: "Aqui em Londres, quando alguém assobia, principalmente caprichando, recebe imediata ordem de prisão. Acho. E me parece justo."

Não chego a tanto, mas, quando escuto um assobio, sonho com o silêncio. A não ser quando ouço o som da neve caindo.

Lagartixo

Eu sabia que esse dia chegaria. Meu filho me pede um bicho de estimação. A rigor, ele já tem o Rui. Rui é o gato de sua tia-avó Marcia Attias. Eric vinha se contentando com as visitas eventuais à casa dela, mas agora resolveu que era pouco. O problema passou a ser qual animal escolher. Eric, sua irmã, Alice, de 8 anos, e a mãe são muito alérgicos. Os três espirram, o nariz entope e escorre, os olhos lacrimejam e os ouvidos coçam. Por ora, temos de descartar cães e gatos.

Por que não um cágado? Resolveria a questão da alergia e da falta de espaço no apartamento. E teríamos a garantia de que ia viver muito. Mas não é tão simples conseguir uma tartaruga. Antigamente, vendiam filhotes na rua. Felizmente, hoje há toda uma série de restrições e é preciso saber quais espécies são liberadas pelo Ibama. Até que minha mulher teve outra ideia:

— Filho, a gente já tem um bichinho de estimação. Lembra daquela lagartixa que de vez em quando aparece aqui em casa e que um dia até caiu na sua cama?

Ele ficou pensativo e quis saber se lagartixa era bicho de estimação. A mãe explicou que nada impede que seja. E que setembro era o mês em que ela dava as caras na casa. De minha parte, gostei da ideia. Há quem tenha nojo, mas prefiro pensar que daria pouco trabalho e que come os insetos. E ainda dizem que dá sorte.

Eric aceitou a proposta. E decretou que era do sexo masculino:
— É um lagartixo. E vai se chamar David.

Só que já estamos em outubro e nada da lagartixa. Resultado: ele começou a cobrar de novo um animal de estimação.

Até ontem, quando completou 6 anos e ganhou de presente de aniversário da minha prima Dora um peixe.

— Peixinho, esse é seu novo dono, Eric — ela apresentou.

Meu filho ficou eufórico e escutou atentamente as instruções:

— Ele é da espécie betta, que não convive com outros peixes. Mora sozinho, só perto de gente. Essas bolinhas aqui são a ração dele, você tem que dar seis por dia. Podem ser duas no café da manhã, duas no almoço e duas no jantar.

Eric quis logo alimentar o peixe, que comeu as bolinhas com sofreguidão.

— Ele é bom de boca — comentou meu filho.

— Mas agora chega de comida porque ele pode passar mal e ter uma indigestão.

Em seguida, recebemos orientações sobre a limpeza da água e sobre a melhor localização para o aquário. Mas minha prima achou por bem prevenir o menino:

— Eric, os peixes não têm vida longa, às vezes duram mais, às vezes duram menos.

— Eu sei, o peixinho do meu amigo morreu.

— Se ele morrer, não fica triste, tem outros que vêm para o lugar dele. Mas isso vai demorar pra acontecer. Vocês vão se dar muito bem.

Faltava só batizar o animal, o que não é fácil. Recorri a dois sites de sugestões de nomes. Achei um pouco de tudo. Os óbvios (Nemo, Fish, Senhor Peixe), os futebolísticos (Pelé, Neymar, Messi, Ronaldo), os ficcionais (Harry, Potter, Chewbacca, Zorro, Hulk, Batman, Dartagnan), os aquáticos (Flipper, Bob Esponja, Bubbles, Bolha, River, Rio, Pacífico, Atlântico, Índico), os esdrúxulos (Amargo, Amendoim, Antigo, Capeta, Gato, Cenourinha) e até os de mau gosto (Anzol e Sushi).

Mas Eric não precisou de ajuda:

— Eu disse pro meu peixinho qual é o nome dele.

— Ele falou se gostou?

— Gostou.

— E qual o nome?
— É segredo meu e dele. Mas vou falar pra ele de novo.
Meu filho se aproximou do aquário e disse baixinho o nome para o peixe.
— Ouviu agora, pai?
— Não.
— Vou falar de novo pra ele.
Pausa.
— E dessa vez você escutou, pai?
— Não.
Ele repetiu várias vezes até que eu descobrisse o nome *secreto*. A cada momento, me dizia algo como "você só tem mais uma chance", "só vou falar mais uma vez", é "sua única chance, pai", "dessa vez é sua última chance mesmo", "pai, agora é a última vez de verdade". Quando, finalmente, consegui entender, eu disse:
— Alex! Acertei?
Ele ficou eufórico:
— Sim!
— E de onde você tirou esse nome?
Eric deu de ombros e respondeu:
— Não sei.
Antes de ir embora, minha prima avisou:
— Na hora de dormir, você fica olhando pra ele que o soninho vem rapidinho.
Ele concordou e, mais tarde, antes de se deitar, foi até perto do aquário e comentou:
— Acho que ele está dormindo.
E disse bem baixinho, com medo de atrapalhar seu mais novo amigo:
— Boa noite, peixinho.

Cerimônia de adeus

Minha mulher já se mostrava aflita:
— Acho que ele não passa de amanhã.
Ela havia percebido que Alex apresentava sinais de que não estava bem. Movia-se pouco. Ficava a maior parte do tempo junto à superfície. Não se alimentava direito. Estava com a barriga proeminente. O aquário vivia limpo, algo raro, e ela imaginou que o peixe betta estivesse com prisão de ventre.

Mas uma busca na internet levou a uma probabilidade maior: hidropsia, também conhecida como barriga d'água, comum em peixinhos de aquário. É uma infecção aguda grave, que pode levar à morte. As causas vão de água poluída à temperatura elevada, passando por alimentos infectados e excesso de comida. Em geral incurável, provoca letargia e perda de apetite.

Limpamos o aquário e o filtro, demos menos alimento, mas não adiantou. Minha mulher ainda tentou comprar remédio, mas a loja já ia fechar e não fazia entrega. Chegou a pensar, então, em sacrificá-lo para poupar o sofrimento — dizem que óleo de cravo é a forma menos dolorosa de eutanásia. Mas achei que havia uma chance.

Como ela havia previsto, Alex não resistiu. Ele tinha chegado em casa três meses antes, no dia 2 de outubro, data de aniversário de meu filho. Não sei sua idade ao chegar; dizem que os bettas já são vendidos mais velhos porque são mais vistosos. Foi o primeiro animal de estimação de Eric, junto com o gato Rui, de sua tia-avó Marcia, que meu filho considerava dele também.

Infelizmente, Rui havia morrido poucos dias antes de Alex, o que levara Eric a cair no choro. O que acentuou sua tristeza foi não ter podido se despedir: o animal fora cremado. Mas insistiu tanto que foi feita uma cerimônia. Marcia pegou uma pequena estátua de resina plástica de gato, acendeu uma vela para "iluminar a lembrança" de Rui, pediu que Eric pensasse onde imaginava que o felino estava, falou para que desejasse que ele estivesse bem e citou as boas recordações que deixou.

— Como era o pelinho dele?

— Macio.

— Como ele fazia quando você vinha me visitar?

— Ia pra porta.

Agora, na vez do peixe, ele estava mais preparado para o baque. Quando recebeu a má notícia, logo avisou:

— Temos de fazer uma cerimônia pro Alex.

Seguimos seu desejo. O corpinho foi embrulhado num jornal e enterrado no canteiro do apartamento da avó. Minha mulher, a mais apegada da família a Alex, fez um discurso emocionado de despedida, enquanto Eric preferiu se manter calado. Só reclamou da pouca quantidade de pessoas presentes ao funeral: nós três e a irmã.

— Achei que várias pessoas viriam.

Fiquei surpreso que ele tivesse reagido tão bem. Mas, assim que chegamos em casa, Eric se fechou no quarto.

— Posso entrar? — perguntei.

— Não.

E lá ficou. Como todo mundo, precisava de tempo para elaborar seu luto. Mas agora já está bem. Avisou a um amigo que seu peixe estava a caminho do espaço sideral.

Arrã...

Digo a Alice que ela é linda. A menina de 4 anos desdenha o elogio e responde, como quem diz que estou falando a coisa mais óbvia do mundo:

— Todo pai diz que toda filha é linda.

Mas eu insisto. Um ano depois, chego perto dela e falo:

— Coisa mais rica.

Ela mais uma vez faz pouco caso da minha manifestação explícita de carinho:

— Arrã. Pai, eu sei que você gosta de mim, mas não exagera.

Esses dias, ela já com 9 anos, fiz nova tentativa. Alice havia acabado de dizer que amava a mãe o infinito e aproveitei para pegar carona e falar:

— Eu também amo você o infinito.

— Eu já sabia, pai.

Eu dia eu consigo.

O folhívoro

Dizem os nutricionistas, e não tenho por que duvidar, que, quanto mais variadas as cores dos alimentos, mais saudável é a refeição. Mas meus pratos sempre exibiram uma monotonia cromática alarmante. O bife implora a companhia da batata frita, e os dois clamam pela presença do arroz e do feijão. Às vezes, surgem até elementos inesperados. Naquele dia era a linguiça. Meu filho diz à mãe:

— Papai não come igual a um adulto grande. Ele come igual a um bebê.

Mais apropriado seria se tivesse falado que como igual a criança pequena. Mas entendi o recado. Afinal, aos 6 anos, Eric está acostumado a ver o pai se entupir de carnes e carboidratos e evitar as saladas. Ele pergunta:

— Por que que você não gosta de tomate, pai?

Citou tomate como poderia ter mencionado cebola, abobrinha, repolho ou outro legume e verdura qualquer. Eu respondo:

— Duas coisas. Para começar, tem a questão do paladar. Desde a primeira vez que experimentei, eu não gostei. E tem a segunda coisa. Nosso paladar muda com o tempo. Talvez, se meus pais tivessem insistido, eu tivesse passado a gostar.

— Então eu vou virar seu pai e Alice vai virar sua mãe — diz o menino, referindo-se à irmã de 9 anos. — E aí a gente vai fazer você comer.

É como se ele dissesse que nunca é tarde para mudar. Felizmente, Eric tem um gosto democrático, ao contrário de mim. Dia desses, minha mulher tinha saído e fiquei de arrumar o jantar das crianças. Abri a geladeira e torci para ter macarrão. Ovo nunca falta. Dei sorte. O que seria dos pais sem macarrão e ovo? São os coringas aqui de casa. Basta botar o macarrão na panela, abrir dois ovos, mexer e está pronto o jantar de Alice. E, no caso de Eric, dois ovos cozidos com arroz e feijão resolvem qualquer refeição.

Mesmo assim, catei todos os *tupperwares* para ver se tinha algo mais. Num deles, dei de cara com uma substância verde. Não tenho intimidade com alimentos dessa cor. Sei diferenciar alface de brócolis, mas não muito mais do que isso. Levei o pote para Eric e perguntei:

— Você come isso?

— Como. É chuchu — ele respondeu.

Ótimo, pensei eu. Procurei mais um pouco e achei outro elemento desconhecido. Mostrei também para ele e perguntei:

— E isso, você come?

— Como — disse meu filho —, eu amo vagem!

Não paro de me surpreender com esse menino. No ano anterior, após o jantar e antes da sobremesa, eu havia posto na mesa um pote com folhas de beterraba e folhas de chicória que a mãe havia comprado. Afinal de contas, a gente precisa tentar variar o cardápio dos filhos. Alice recusou, como de hábito. Com muita insistência, acabou provando um micropedaço da folha de beterraba, apenas para fazer cara feia e dizer que detestou. Entendo-a perfeitamente, ela puxou o pai. Já Eric gosta de experimentar. Pegou a de beterraba, comeu e sorriu:

— Gostei.

Maravilha, pensei. Mas achei melhor avisar:

— A de chicória é um pouco mais ardida, *tá*, filho?

Ele pegou uma e botou na boca.

— É muito boa a chicória — disse, e começou a comer uma atrás da outra. — Quando você come a primeira, você come todas.

Observei, contente. Ele se animou:

— Pai, eu sou folhívoro. Eu como todo tipo de folha. Menos folha de papel.

Em seguida, pediu que eu experimentasse também. Disse que não, obrigado. Ele insistiu e acabei cedendo, sabendo de antemão que não ia gostar. E, de fato, foi o que aconteceu. Mas fingi que gostei também. Ele continuou a comer e, a certa altura, disse, satisfeito:

— Eu estou detonando!

Assim que terminou o pote, pediu mais:

— Eu quero folha, folha, folha!

— Acabou, filho, mas amanhã sua mãe compra mais.

— Amanhã é depois de hoje?

— É.

— Oba, então é só eu dormir.

— Isso.

— Que bom, eu estou desesperado por folha.

Eric puxou a mãe na qualidade e o pai na quantidade da alimentação. Num dia em que pediu para repetir o prato pela terceira vez, brinquei que ele era magro de ruim. O menino justificou:

— Eu tenho uma quantidade de fome infinita.

Sabores

Minha filha de 9 anos me pede uma bala Mentos. Digo que não, argumento que ela come doce demais, mas Alice propõe um acordo:

— Pai, você compra e aí eu deixo você escolher o sabor.

Acabo cedendo.

— E quais os sabores que tem? — pergunto.

— Yogurt Morango, Ice Mint e Mint.

— Então de Yogurt Morango — respondo, como se o fato de ser de morango fosse tornar a bala mais saudável.

— Essa não, pai, essa é muito doce — diz minha filha.

— OK, então de Ice Mint.

— Essa não, pai, essa é muito ardida.

— Mas só sobrou o Mint!

— Isso, pai!

Sinto que fui enrolado.

Caiu da cabeça

Há um fenômeno que afeta os alunos assim que chegam da aula: sofrem lapsos que apagam a memória. Quem tem filho sabe a dificuldade que é para arrancar alguma informação sobre como foi na escola.

— Não lembro — diz minha filha de 9 anos.
— Esqueci — fala meu filho de 6.

Eu insisto, mas não sou bem-sucedido:

— Foi legal.
— Não quero dizer.

Uma vez, Eric chegou do colégio e fomos brincar no *play*. Depois de algum tempo, ele reclamou que a garganta estava ardendo. Perguntei se era uma dor interna ou externa.

— É do lado de fora — explicou.

Espiei na luz e vi o que parecia ser um grande arranhão. A mãe também olhou e confirmou. Ele já devia estar machucado, mas só passou a sentir dor quando o suor escorreu até o pescoço. Perguntamos:

— Algum coleguinha te arranhou, mesmo que sem querer?

Ele respondeu:

— Não.
— Tem certeza? — insistimos.
— Deixa eu fazer um *flashback* — disse.

Em seguida, seguiu para o sofá e sentou-se, pensativo. Comentei algo e ele me interrompeu:

— Pai, eu preciso de silêncio.

Após alguns segundos, afirmou:

— Sim, alguém me arranhou. Foi com o cotovelo.
— Não teria sido com a unha?
— É, foi com a unha — reconheceu.
— E quem foi?
— Eu não vi. Eu *tava* olhando pra cima.
— Você sabe, Eric.
— Não sei.
— Sabe, sim.
— *Tá* bem. Vou fazer outro *flashback*.

Ele voltou para o sofá, sentou-se de novo e olhou para cima, concentrado, durante algum tempo. Até que disse para a mãe:

— Vou contar em segredo.

Aproximou-se dela e falou baixinho o nome de quem foi. Uma revelação que se mostrou custosa e sofrida, mas que o aliviou. Benditos *flashbacks*.

Soube de uma mãe que também enfrentou a amnésia pós-escolar do filho. Tomas, de quase 4 anos, disse que não se lembrava de como tinha sido seu dia no colégio. Quando ela pediu que se esforçasse, o menino respondeu:

— Caiu da minha cabeça, mamãe.

Uma criativa maneira de dizer que esqueceu ou que não queria dizer. Mas há um lado bom: como toda mãe, ela tem dificuldades na hora da comida. Agora ficou mais fácil convencer o garoto a comer salmão, alegando que "ajuda a deixar as coisas guardadas na cabeça".

Dois irresponsáveis

Passamos o dia no clube. Já está tarde, mas meu filho de 6 anos não quer sair do parquinho. Ele acaba de fazer amizade com outras crianças, e corre para lá e para cá com os novos colegas. Tento convencê-lo:

— Vamos, amor. Eu, sua mãe e sua irmã queremos ir embora.
— Nunca! — ele diz, sorrindo e se afastando.

Eu me aproximo e insisto:
— Já está de noite, amanhã vocês acordam cedo.

Ele foge mais uma vez. A cada aproximação minha há uma escapulida.

— Vamos, Eric, está na hora mesmo de ir.

Ele ignora meus apelos:
— Nunquinha! — e sai correndo atrás dos mais recentes amigos.

Até que a irmã de 9 anos chega e nos dá uma bronca:
— Estamos esperando vocês dois há um tempão!
— Seu irmão não quer ir — explico.
— Você é muito mole, pai — diz Alice, irritada.

Ela então se aproxima de onde está o irmão e ordena:
— Já chega, acabou!

Mas Eric continua indiferente.

— Vamos embora, senão a gente vai sem você! — minha filha reitera.

Diante de mais uma recusa, ela vai até ele e o arrasta para fora do parquinho, à força, sob protestos do menino, que se queixa:
— Papai não fala assim.

— Mas eu falo — Alice retruca.

— Papai fala: "Vamos amorzinho." Aí eu digo: "Ah, vai, deixa eu ficar mais um tempinho." E ele diz: "Tá bom, filho."

— Papai é imaturo — ela justifica. — Eu não vou deixar você me manipular que nem faz com ele.

Já do lado de fora do clube, caminhamos pela ciclovia quando Alice vê um ciclista acompanhado de um cão e comenta comigo:

— Viu esse ciclista, pai? Ele tem autoridade. O cara é que puxa o cachorro, não é o cachorro que puxa o cara.

Não é bem a comparação que eu esperava, mas, de qualquer maneira, o puxão de orelha faz sentido. Afinal, ela sabe que o pai e o irmão precisam de limites. Não faz muito tempo, ela voltou ao assunto:

— Pai, tem um filme em que a filha troca de personalidade com a mãe [*Sexta-feira muito louca*]. Eu queria trocar com você. Porque aí eu botaria ordem na casa. Ia dizer: "Vai fazer dever de casa e pronto!"; "Vamos embora agora do parque! Já!"

Ela fica aflita com a falta de juízo de nós dois. Como no dia em que estávamos na casa de amigos e saímos, eu e Eric, para explorar os encantos do terreno, que é cheio de subidas e descidas, árvores e barrancos, esconderijos, mistérios e perigos. Como toda criança, meu filho e eu nos arriscamos e nos aventuramos por tudo que é lugar, sob o olhar assustado de Alice. Comentei com Eric:

— Aposto que, quando a gente descer, sua irmã vai dizer: "Vocês são dois irresponsáveis!"

— E eu aposto que ela vai dizer: "Vocês podiam ter morrido!" — ele complementou.

Ao voltarmos, Alice nos repreendeu:

— Vocês são dois irresponsáveis, podiam ter morrido!

Eu e Eric nos olhamos com um sorriso cúmplice, apenas para ouvir minha filha afirmar:

— Você, como pai, deveria ser mais responsável.

E, voltando-se para os dois, queixou-se:

— Vocês acham que a vida é uma brincadeira. Agora eu estou no comando.

Desde pequena ela é assim. Num jantar de aniversário da mãe em que os dois eram as únicas crianças, eles quiseram alternar entre ver TV e brincar comigo. A certa altura, já cansado, eu disse que queria parar e conversar um pouco com as outras pessoas. Minha filha, então com 6 anos, negou o pedido:

— Ah, não. Quem manda você ser o adulto mais *imaduro* da festa.

Errou na gramática — embora tenha seguido a lógica de imaginar que o oposto de maduro era *imaduro* —, mas acertou em cheio na avaliação do pai.

— Você se lixa, ficar vendo uma porcaria dessa... Arrá, nervoso, ainda vinhando.

Desde pequeno ele é assim. Não. Talvez de antes, ainda da barriga que eu... deu a luz... não o trouxesse, sua grande amargura: eu com os anos. A vida bonita, conheça. Ás dia a dia. Eu queria... eu digo que quisesse, pois: a ser o bem amada, obrigação com alguém — pessoas, filhos. Elas, cujo eu só, nela, nepoisto pedindo.

Ah, não. Quem tem estrela não precisa outra premiação de boa.

Faz para comigo — vez nunca tenha sentido — fosse de firme, que que adonhecia, minha espargança — vida, serena, mas boa na colheita do que.

OUTRAS VENTURAS

O cofre

Hospedar-se em Paris é caro. Então vocês podem imaginar a alegria de um casal amigo ao descobrir que passaria as férias morando de graça em Neuilly-sur-Seine, área chique que abriga a aristocracia e a burguesia francesa. É que, ao saber que os dois estavam de viagem marcada, um casal de amigos brasileiros emprestou para eles o apartamento que mantêm na região. E que apartamento. Imenso, luxuosérrimo, com várias obras de arte nas paredes, móveis de época, prataria antiga. Estranhamente, a TV da sala estava quebrada.

Meu amigo resolveu retribuir a gentileza. Foi até uma loja e comprou uma TV moderníssima. Instalou-a e jogou o aparelho antigo fora. Era muito velho, e na França o hábito é esse. Você não fica guardando tralha e ocupando espaço. Não avisou nada aos anfitriões para que, quando fossem a Paris, tivessem uma surpresa. Dias depois, ainda de férias, recebeu um telefonema do Brasil. Era o dono do apartamento, que pediu:

— Por favor, vá até a televisão e abra um compartimento que fica na parte de trás, porque é ali que escondemos as joias. Tem um colar de brilhantes da minha mulher. Pega porque ela vai emprestar para uma amiga, que ficou de buscar aí mais tarde.

Ele gelou. Virou-se para a mulher, sacudiu-a desesperado e começou a gritar:

— Chama a polícia, chama a polícia!

Ela não entendeu nada. Ainda sonado, ele foi aos poucos se dando conta de que havia sonhado. Um sonho real e apavorante. Mas cadê que dormia de novo? Pediu que a mulher telefonasse às três da manhã para o Brasil e checasse se era mesmo só sonho. Estava tão nervoso que tinha medo de que a história fosse verdade. Ela ligou:

— Oi, me conta uma coisa: vocês guardavam algo naquela TV antiga?

— Como assim? Dentro da televisão? — estranhou a amiga.

— Sim. Ela era cofre?

E narrou a história. Falou que eles haviam comprado um aparelho novo e jogado o outro fora, disse que era para ser uma surpresa, contou sobre o pesadelo e explicou que o marido não estava conseguindo dormir. A amiga riu e tranquilizou-a:

— De jeito nenhum, imagina, nunca cogitei. É que a gente não liga pra televisão. E a TV francesa é tão chata que a gente não assiste. Diz pra ele que pode dormir em paz.

Meu amigo, enfim, conseguiria relaxar.

Amigos íntimos

Três anos na Europa fizeram com que o jornalista Otto Lara Resende se espantasse ao voltar e constatar como dois brasileiros que se desconhecem "constituem sempre uma hipótese de íntima amizade" depois de cinco ou dez minutos de conversa. Uma amiga não cansa de se surpreender com essa facilidade com que dois estranhos compartilham suas vidas. Ela estava na fila do caixa eletrônico do banco quando viu que, ao lado do banheiro, havia uma cadeira desocupada com rodinhas, fácil de arrastar. Puxou-a para perto, acomodou-se e, à medida que a fila avançava, ia empurrando o assento com os pés. A certa altura, perguntou à moça que estava à sua frente se não queria se revezar com ela e sentar também. Ela agradeceu, mas recusou. Minha amiga diz:

— Era aquele "não quero" que a gente sabe que quer. Perguntei por que ela não queria. A mulher explicou que não podia se sentar, só ficar deitada ou em pé. Em seguida, passou a contar que o marido precisou fazer um transplante renal. Que ele procurou um doador na família toda e não encontrou. Que só ela era compatível. Que foi obrigada a doar um rim para o marido. Atenção que ela usou essa palavra, "obrigada". Que estava chateada porque, na hora da cirurgia, o médico teve de botar uma tela no corpo para segurar a falta do órgão. Que a tela ficou de um jeito que, se ela se sentar, machuca. Que o marido está irritado e nervoso. Que ela precisa fazer tudo para ele. Que ela está de saco cheio com a situação. Falei que casamento era isso mesmo. Viramos amigas íntimas e começamos a trocar confidências conjugais.

Outro amigo, Sergio, também testemunhou a naturalidade com que se puxa conversa e se abre a intimidade. Ele caminhava com um colega, Eric, pela Dias Ferreira, no Leblon, quando um desconhecido acenou do outro lado da rua com a cara mais sorridente do mundo. Eric acenou de volta para o estranho, que veio em sua direção e comentou:

— Anda sumido, hein? Tenho procurado o teu telefone direto e nada. Estou abrindo essa loja aqui e queria te pedir uns conselhos.

Eric não reconheceu o sujeito, mas ficou sem graça e disse:

— Mostra a loja, então... a obra termina quando?

O papo engrenou e, depois de algum tempo, os dois estavam botando a vida pessoal em dia.

— Continua casadão? — perguntou o homem.
— Claro, claro — respondeu Eric.
— E a filharada?
— Crescendo.

A certa altura, o sujeito fez um convite.

— Está com tempo? Vamos tomar um chopinho?

E lá seguiram os três para o bar. Falaram de amenidades, comentaram a maravilha que é circular pelo Leblon até que, após o brinde, o estranho confessou a Eric:

— Dá uma alavancada na minha memória. A gente se conhece de onde mesmo, hein?

— Não faço ideia — respondeu Eric. — Acho que nos conhecemos mesmo há uma meia hora.

Os três caíram na gargalhada e o desconhecido desvendou o mistério:

— Parceiro, você é a cara do Maurinho, um arquiteto que eu tinha. A cara dele...

E brindaram mais uma vez, agora para comemorar o surgimento de uma nova amizade.

O brasileiro — e o carioca, em especial — é mesmo mais informal, afetuoso e expansivo, o que não raro causa toda sorte de embaraços com estrangeiros. Dia desses, numa festa, o assunto era o hábito que temos de tocar os outros. Uma conhecida contou a vez em que, na França, uma colega de faculdade lhe perguntou, agressivamente:

— Você é lésbica? *Tô* fora.

A partir daí, sempre que estava com a moça ela mantinha os braços cruzados para se policiar e parar com o toque — não confundir com o cutucão que, assim como os perdigotos, incomoda e aborrece. Outra amiga viveu experiência semelhante em Paris. Recebeu um colega em sua casa e, no dia seguinte, ele disse, constrangido:

— Desculpe não ter ficado com você. Eu sei que você estava a fim.

Ela tomou um susto porque jamais tinha passado por sua cabeça semelhante ideia. A confusão acontecera porque, ao falar com o rapaz, às vezes encostava de leve em seu braço. Ele não entendeu que a doçura e a suavidade no trato fazem parte do modo de ser brasileiro.

Espanto semelhante teve outra amiga quando, em Portugal, chamou um técnico para consertar um eletrodoméstico. Como estava quente e ele suava, ofereceu um copo d'água. O homem reagiu, ofendido:

— A senhora é muito assanhada!

Próteses, pernis e piques

Recolho vida afora, em meio a conversas com amigos e notícias de jornal, o bizarro, o surreal e o folclórico da violência nossa do dia a dia. Três bandidos anunciaram o assalto a uma van na Vila Militar, Zona Oeste. Dois passageiros reagiram a tiros e mataram um dos assaltantes. Outro foi baleado e o terceiro fugiu. O curioso é o desfecho da pequena nota que leio na imprensa: o motorista da van disse à polícia achar que os dois passageiros que resistiram também pretendiam roubar o veículo. Na van, iam seis pessoas, além do condutor. Ou seja, nada menos que cinco delas eram ladrões — e isso porque não ficamos sabendo das intenções do sexto viajante.

Há ainda o caso do motorista de ônibus que sofreu um grave acidente e teve as pernas amputadas na altura da coxa. Ele se adaptou bem às próteses. Graças à Associação Fluminense de Reabilitação, em Niterói, readquiriu o ânimo. Com as duas pernas mecânicas doadas pela entidade, andava sem muletas e chegava a dançar. Um dia, foi ao banco retirar o dinheiro da aposentadoria. Na saída, quando caminhava na direção do Campo de São Bento, sentiu um tranco por trás e foi arremessado ao chão. Três adolescentes — dois rapazes e uma garota — arrancaram seu dinheiro e seu celular. Na queda, a trinca de ladrões ouviu o barulho do ferro batendo no chão. A moça disse:

— Isso deve dar um dinheirinho.

Os rapazes agacharam-se e puxaram as pernas do homem, que se viu deitado no chão, impotente. Um senhor passou e ele pediu ajuda. Pegou o celular emprestado e ligou para a Associação, que mandou um carro buscá-lo, agora sem as próteses.

Outra história dá conta de que um caminhão com 6 toneladas de pernil foi roubado no Rio. Sabe como é, época de Natal, ladrão também tem família, é preciso garantir a ceia das crianças. O episódio me fez lembrar meu primo. Ele ia de carro pela Avenida Presidente Vargas, no Centro, uma das principais vias da cidade, e parou em meio ao trânsito engarrafado. Na pista ao lado, um pouco à frente, estava um desses caminhões refrigerados que transportam alimentos.

Eis que surge um sujeito a pé. Ele percebera que a porta de trás do caminhão estava sem cadeado. Aproximou-se do veículo, abriu a porta, tirou de dentro uma imensa perna de porco, fechou discretamente e saiu correndo pela avenida, carregando o pernil nas costas. O gatuno deve ter tido uma ceia farta. O motorista? Deve estar até agora tentando entender o que aconteceu com parte da comida que carregava.

Os exemplos inusitados se espalham do Oiapoque ao Chuí. Em Belo Horizonte, a colega de trabalho de um amigo estava parada no sinal quando um assaltante se aproximou do carro munido de uma arma extravagante. Ele disse:

— *Ocê* me passa o dinheiro senão vou sujar *ocê* todinha de bosta.

Quando ela viu, ele estava com um pão recheado de cocô. Enquanto o bandido fazia ameaças, seu comparsa, do outro lado do carro, sujava o vidro para mostrar que eles falavam sério. Mesmo assim, ela arrancou com o veículo. O resultado? Uma blusa suja e uma licitação perdida.

E, para não me acusarem de me restringir ao Sudeste, sigamos até Jaboatão dos Guararapes. O rapaz entrou no ônibus e anunciou o assalto. O *slogan* desse município de Pernambuco, palco de batalhas que culminaram com a expulsão dos holandeses, é "a pátria nasceu aqui", mas dificilmente alguém está pensando nisso naquele momento. Mais provável é que estejam concentrados na arma à sua frente. Logo após comunicar o roubo, o homem completou:

— E tem mais: hoje é meu aniversário e eu quero que todo mundo cante parabéns.

Todo mundo cantou, obedientemente. Quando os passageiros, enfim, acharam que estava terminado, ele continuou:

— E quero um "pique" também!

Diante do pedido esdrúxulo, o grupo ficou sem ação. Até que uma senhora, sentada lá no fundo, rompeu o silêncio e começou: "É pique! É pique! É pique!" Logo todo o coletivo começou a cantar em coro: "É pique, é pique, é pique! É hora, é hora, é hora, é hora, é hora! Rá-tim-bum! Seu ladrão, seu ladrão!" O bandido, satisfeito, limpou os passageiros, agradeceu e desceu calmamente do ônibus.

Agora vai ou só *gogó*?

O telefone toca às oito da manhã. Do outro lado da linha, um exagero:

— Precisamos de você em Brasília.

Escolher o terno foi fácil: havia um solitário exemplar no guarda-roupa. A gravata deu mais trabalho. Tive de pedir emprestada a um amigo, que também deu o nó. Pouco antes de pegar o táxi, a diarista avisa que a calça do terno está toda marcada de vinco, resultado dos anos que passou esquecida no cabide. Não havia tempo de passar a roupa, e talvez o presidente Fernando Henrique Cardoso não reparasse no amassado.

Pela cara afobada, o taxista viu logo que era preciso correr.

— Carioca é fã de ficar atrasado. Não tem um que entre no carro e não peça pra voar — ele observa.

No caminho até o aeroporto, o motorista ouve falar sobre o encontro e vai sugerindo o que dizer ao presidente.

— Pede pra ele olhar mais pra a classe média, que *tá* largada, e esquecer os banqueiros.

Fica para a próxima, que o assunto em questão é outro, mais grave ainda: a violência. A visita à corte é precedida de conselhos. Um amigo pede que o colunista aproveite a ocasião e não fique de implicância com o presidente, como é de praxe.

— Vê se não vai dar uma de tia velha, nada de nhe-nhe-nhem contra o Fernando Henrique.

Tia velha? OK, vamos dar um crédito. Mas um colega jornalista adverte:

— Cuidado. Quem conversa pela primeira vez com Fernando Henrique ganha diploma de crédulo. Sai todo embevecido, pensa: "Agora vai!", e, no dia seguinte, vê que é puro gogó.

Na chegada ao Palácio do Planalto, a primeira decepção: nada de subir a rampa, reservada para ocasiões solenes e festejos. Pouco depois, o segundo baque:

— Você está com uma mancha de tinta branca atrás, no paletó — observa alguém.

Quer dizer que, além das marcas de vinco na calça do terno, há problemas também no paletó? Uma conferida confirma o borrão. Tudo bem, ninguém vai reparar, é uma manchinha à toa...

— O senhor está com uma mancha no paletó — comenta agora o recepcionista.

A vontade que dá é de se esconder, mas deixa pra lá, o presidente nem vai notar.

— Seu terno está sujo atrás — diz um terceiro, igualmente solidário na hora de apontar problemas. "Está sim, e daí!", dá vontade de dizer.

No saguão de espera, a funcionária do cerimonial confere a lista de presença qual professora primária. Rubem César Fernandes, do Viva Rio; Luiz Eduardo Soares, coordenador estadual de Segurança, Justiça e Cidadania; coronel Sérgio da Cruz, comandante-geral da PM; Carlos Alberto de Oliveira, chefe da Polícia Civil; Carlos Minc, deputado estadual pelo PT. Com mais alguns, somos onze nomes ao todo.

Feita a checagem, a turma repassa a lição. Entre os objetivos do encontro está o de levar ao presidente as quase 1,4 milhão de assinaturas dos moradores do Rio a favor do desarmamento. A audiência havia sido solicitada no início de outubro, mas só agora, mais de um mês depois, chegou a resposta, talvez apressada pela violência que ocupa as manchetes dos jornais. Mas, antes de passarmos à *sala do trono*, é preciso explicar ao cerimonial que aquelas quase cem caixas cheias de assinaturas são a favor, ou seja, que endossam a posição de Fernando Henrique contra as armas. Os funcionários podiam ter ouvido falar em abaixo-assinado e logo pensado que era parte da campanha "Fora FHC!"

Feita a explicação, adentramos no gabinete. Na hora das fotos, o presidente é todo brincalhão. Enquanto folheia um caderno com assinaturas recolhidas no jogo Flamengo e Palmeiras, diz:

— Como o Serra não está aqui, posso dizer que sou Flamengo. Ele é palmeirense.

Pouco depois, na mesa de reunião, com ar grave e sinais de aprovação, Fernando Henrique ouve os participantes da comissão. Surpreende-se com a informação de que 18% da população do Grande Rio maior de 12 anos deixaram sua assinatura no papel. Avisa que o governo apresentou no Senado um projeto que proíbe as armas, a ser votado em regime de urgência urgentíssima — pela redundância, deve ser coisa séria. E concorda em estudar medidas que impeçam a venda de armas para o Paraguai. Afinal, a maioria das armas apreendidas no Brasil havia sido exportada legalmente para comerciantes paraguaios e, em seguida, entrado ilegalmente de volta no país.

Ainda em seu momento solo, Fernando Henrique se diz assustado com os "modelos de conduta que importamos" dos Estados Unidos, como o atirador do shopping, e mostra-se espantado com o encontro que teve com velhos amigos em São Paulo.

— Me assustou o estado de espírito deles. Estão com medo e pedem a violência. Querem que a polícia mate. Não dá. O Estado não pode deixar que as pessoas se matem. Quando todo mundo se acha no direito de usar arma, acabou.

Às 17h, quarenta minutos depois de iniciada a reunião, a secretária anuncia a chegada das próximas audiências. À saída do Palácio, fica a dúvida: "Agora vai ou só *gogó*?" É possível que, com o empurrão do presidente, a campanha de desarmamento decole. Fernando Henrique está acuado e tem no combate à violência uma chance de sair do isolamento. É um tema popular e sem contraindicações — nem o PT vai poder criticar o presidente. Que, aliás, não reparou nas marcas de vinco na calça nem na mancha no paletó — ou, se reparou, diplomaticamente não comentou nada.

NOTA DO AUTOR: a 12 de novembro de 1999, um dia depois da visita de nossa comissão, talvez pela pressão do movimento e das assinaturas, o presidente da Câmara dos Deputados, Michel Temer, disse que iria pôr em votação na semana seguinte o projeto de lei sobre o desarmamento. No dia 15, Carlos Minc, do PT, em conjunto com o Viva Rio, pediu que FHC baixasse decreto proibindo a exportação de armas e munições ao Paraguai.

No dia 24 de dezembro, o ministro da Justiça, José Carlos Dias, procurou apoio dos governadores para garantir a aprovação do projeto que proibisse a venda e o porte de armas no país. Ele conseguiu apoio de Garotinho e Mário Covas, do Rio e de São Paulo. Em 9 de agosto de 2000, FHC "continuava a lutar" pelo desarmamento, conforme os jornais. O projeto não havia sido votado e ainda não tinha sido vetada a comercialização de armas para o Paraguai. Somente no dia 22 de dezembro de 2003 o então presidente Lula aprovou e sancionou o Estatuto do Desarmamento.

Chamada a cobrar

Estávamos sentados na grama do Aterro, sob o sol. Mas não observávamos hipócritas disfarçados rondando ao redor nem estrelas junto à fogueirinha de papel, como canta Gilberto Gil em *Não chore mais*. Tínhamos acabado de disputar uma partida de basquete e papeávamos sobre as contusões, como é comum em atletas de fim de semana que desafiam as ordens médicas e insistem em jogar.

— Estou com a mão machucada — digo.
— E eu, o tornozelo — ele conta.

Nisso, toca o celular e ele atende.

— É chamada a cobrar — diz. — Deve ser um daqueles golpes.
— Tem razão — concordo.

Um dia, ligaram para minha mãe. Tiveram a cara de pau de telefonar às duas da tarde, como agora, para fingir que tinham sequestrado o filho dela. No caso, eu.

De volta a meu amigo. A curiosidade foi mais forte que a desconfiança e ele resolveu esperar para ver quem era. Do outro lado da linha, uma voz feminina diz, suavemente:

— Oi, é a Priscila.

Meu amigo se irrita:

— Priscila é o caralho!

E desliga o telefone na cara da mulher.

— Você fez bem. Eu sabia que era um daqueles casos de disque-presídio — confirmo.

Logo em seguida, porém, divido com ele uma dúvida:

— Mas não é estranho ela dizer o nome? Em geral, quando é disque-sequestro, eles esperam que você dê alguma pista. E a voz simula desespero. Ela estava desesperada?

— Não, não estava. Tem razão, deve ser engano. Ou telemarketing. Ou trote. Não entendo por que é que as pessoas fazem isso. É tão infantil. Mas, também, bem feito, levou um palavrão na cara pra parar de brincar.

Mudamos de assunto. Alguns instantes depois, ele fala, num susto:

— Era a Priscila!
— Como assim? — pergunto.
— No telefone. Era a Priscila!
— Você conhece?
— Claro, é a mulher com quem eu estou saindo. Ela viajou pra uma fazenda e disse que o celular não pegava lá. Só daria pra ligar de um orelhão que tem perto. E falou que ia telefonar a cobrar. Eu tinha esquecido completamente!

Pouco depois, o telefone toca novamente. Ele atende. Era a Priscila:

— Por que você me mandou para o caralho?

Solidariedade masculina

Em algum momento do jantar, a conversa foi parar nas relações entre homens e mulheres, como é comum acontecer.

— Eu invejo a cumplicidade masculina — diz uma das moças.

Houve concordância feminina. Para exemplificar, ela citou o próprio caso, quando saiu em lua de mel com o marido na Serra Gaúcha. Reservaram um chalé com lareira. Abasteceram-se de vinho, queijo e salame e foram para o quarto. Pegaram os copos, o saca-rolhas e cataram uma faca. Nada. Tentaram na recepção da pousada, mas já estava fechada. Procuraram algum funcionário e não acharam.

— Não combinava com o clima romântico morder e comer aquela peça inteira de salame com as mãos — ela lembra.

Estavam com tanta fome que decidiram sair do hotel em busca de uma faca. Mas, naquela segunda-feira à noite em Gramado, encontraram tudo fechado. Até que avistaram um posto com uma loja BR Mania. Estavam salvos. Ela saiu do carro e dirigiu-se ao atendente, enquanto ele aguardava ao volante.

— Boa noite, você teria uma faca? — ela perguntou.

— Tenho — respondeu o rapaz.

— Poderia me emprestar? Estou hospedada aqui perto e trago daqui a pouco.

— Não, só se você cortar aqui.

Ela voltou para o automóvel e pegou o salame. O balcão era curvo, dificultava o trabalho e ela não conseguiu. Fez mais uma tentativa de sensibilizar o atendente:

— Eu pago pela faca.

— Não vendemos.

Apelou para tudo, como recorda:

— Ofereci passar um cheque-caução, sugeri deixar meus documentos, propus que ele ficasse com minha bolsa. Até alugar a faca eu quis.

Sem sucesso. O rapaz mostrava-se intransigente. Depois de quase meia hora de insistência, ela foi embora revoltada, com o salame na mão. Contou ao marido, que estranhara a demora. Ele disse:

— Pera aí que eu vou lá.

Minutos depois, ele saiu abraçado ao frentista, dando tapinhas em suas costas, como se fossem amigos íntimos. E com a faca na mão. A mulher levou um susto e perguntou como havia conseguido.

— Eu apontei pra você e disse: "Peguei aquela menina e a convenci a ir pro motel. Custei, mas consegui. Tu não vais dificultar minha vida por causa de uma faca, vais?"

Não, claro que ele não ia.

O curioso é que, depois de Gramado, eles seguiram para Bento Gonçalves sem se lembrar de devolver o objeto.

— Ficamos quinze dias com a faca no console do carro — ele nos conta. — Quando voltamos a Gramado, fui à loja, mas o vendedor não estava lá. Entreguei pra um colega dele, que me disse, em tom de cumplicidade, e não de repreensão: "Ah, você é o cara da faca..."

O beijo

Foi o beijo mais apaixonado que já vi. Pareciam antigos amantes reencontrando-se após longo tempo, não fossem os dois tão jovens. Talvez tivessem acabado de começar o namoro, na expectativa de que aquele seria o encontro de almas gêmeas. Ou talvez fosse a despedida sofrida de um casal que ainda se amava e que tentava preservar aquele momento para sempre.

Fiquei observando. Os lábios não se desgrudavam, pareciam não querer se afastar mais. Era um beijo intenso, sôfrego, ansioso. "Que paixão", pensei. Até que finalmente terminou. Não trocaram telefones nem uma única palavra. Ela foi para um lado, onde duas amigas pacientemente a esperavam, ele foi para o outro, onde um amigo o aguardava. Seguiram adiante no bloco de carnaval, por caminhos opostos, sem sequer olhar para trás, em busca de novas bocas e mais histórias para contar.

É muito amor envolvido

Demétrius é figura popular aqui na minha rua. Ele assusta, mas é um doce de pessoa. Ou melhor, de cão. Demétrius é um dogue alemão malhado que, em pé, chega a quase 1,90 metro de altura. Outro dia, ele passeava com o dono, João, quando se ouviu:

— Filho da puta!

A reclamação vinha de um pedinte sentado na calçada. João olhou para o lado e viu que seu cachorro mastigava calmamente um sanduíche, roubado das mãos do pobre homem, que havia conquistado a comida a duras penas. O jeito foi comprar dois novos sanduíches para compensá-lo pelo saque canino.

O cão é cheio de histórias. Demétrius tem xodó por uma tia de João. Uma vez, os dois passeavam pela rua quando viram uma velhinha. O cão se confundiu, achou que se tratava da amiga, deu um pulo e pôs as patas em seu ombro. Em desespero, a senhora de 1,50 metro começou a gritar:

— Assalto, assalto!

Até polícia apareceu. Não teve quem tirasse da cabeça dela que não era golpe.

Demétrius é famoso ainda pelos gases que solta. Dia desses, o cachorro e seu dono estavam no elevador quando entrou uma vizinha. Demétrius fez das suas e o mal-estar se instalou no ambiente. A mulher fez cara de nojo e tampou o nariz com a mão. Ao chegar ao térreo, João pediu desculpas pelo gesto do cão e ouviu:

— É, virou moda culpar os animais quando não se tem educação.

Até hoje, quando cruza com João no edifício ela lança um olhar de reprovação.

Mas olhar mesmo de condenação mereceram três meninas que subiram no ônibus em Botafogo e deixaram para trás um cachorro vira-lata. Depois de alguns instantes de hesitação, como sem acreditar que tinha sido abandonado, ele saiu correndo atrás das donas. Cruzou ruas, atravessou sinais, passou em meio ao trânsito, driblou motocicletas, enfrentou carros, mas não desistiu de seguir o ônibus. Os passageiros se levantaram e acompanharam a perseguição, numa torcida aflita para que ele não fosse atropelado.

Depois de alguns pontos, elas finalmente desceram, debaixo de vaias. O cão, exausto, chegou são e salvo, e foi aplaudido de pé. Até o motorista se levantou para festejá-lo. As garotas mostraram-se indiferentes ao esforço do vira-lata e seguiram seu caminho, com ele atrás. Uma passageira resumiu o sentimento coletivo:

— Elas não merecem esse amor todo.

O perneta e a mudança

Após dois anos em São Paulo, Luciana Borges conseguiu ser transferida para sua cidade, o Rio. Organizou-se para fazer a mudança antes do Ano Novo. Naquela época, 2001, a grande referência para a busca de empresas e serviços eram as Páginas Amarelas. Folheou a lista telefônica e encontrou um anúncio de meia página de uma transportadora. Ligou e, dias depois, apareceu o dono para fazer o orçamento. Era um senhor de uma perna só, que caminhava de muletas. Sentou-se, tomou o cafezinho que lhe foi oferecido, olhou a casa inteira, viu todos os móveis e cobrou cerca de R$ 700,00 caso fosse para entregar em dez dias. Se houvesse urgência, ele poderia fazer o trabalho em apenas dois dias, mas aí o preço subiria para R$ 3 mil. Era mais barato que o preço de mercado, o homem explicava, porque ele fazia o que chamava de "mudança de aproveitamento": alugava um caminhão maior e juntava três mudanças interestaduais.

Como ela e o marido, Luciano, estavam com pouco dinheiro, optaram pelo tempo mais longo. O serviço foi marcado para 22 de dezembro. O casal levou em seu carro apenas duas malas para passar os dez dias até que todo o restante chegasse, no dia 2 de janeiro.

Os dois celebraram o Natal e o Réveillon com gosto, já no Rio. A data marcava uma nova era, de volta à terra natal, junto com o filho de seis meses. No dia 2, quando deu 16h e não apareceu ninguém no apartamento em Irajá, Luciana ligou para a empresa, sem sucesso. Devia ser um atraso normal, pensou, não havia motivo de preocupação, no dia seguinte de manhã ela tentaria de novo. Mas, de novo, ninguém atendeu.

O marido pediu a um amigo paulista para ir à transportadora verificar. De lá, ele ligou, apreensivo:

— Vem pra cá que não tem mais nada aqui, acho que vocês foram roubados. Perguntei pra um vizinho da loja e ele disse que ela está fechada e não tem movimento há dias.

Luciano foi correndo do Rio para São Paulo. Coincidentemente, a transportadora ficava na mesma rua da delegacia. Confirmou desolado a informação do amigo e foi prestar queixa. O delegado mostrou-se surpreso:

— É a primeira vez que vejo esse tipo de golpe.

E enviou um policial junto com ele para o endereço. Quando chegaram, já havia na porta outra vítima. O homem estava desconsolado. Sentou-se no meio-fio e chorou feito criança porque sua mãe havia voltado para o Ceará e ele despachara tudo que ela tinha no caminhão.

Com o apartamento vazio, Luciana foi morar com a sogra.

— Eu só tinha roupa pra dez dias de trabalho. Minha cunhada, que vestia o mesmo número que eu, falou: "Pega tudo que você quiser aí, sem data para devolver." Meu marido tinha apenas uma camisa e duas calças. A diferença no traje era camisa pra fora ou pra dentro, com cinto.

Luciana ficou em estado de choque e não parava de rir, de nervoso. A família falava:

— *Tadinha*, está ficando doida. Uma tragédia dessas e ela só consegue rir.

Seu leite começou a secar e seu filho passou a ter dificuldades de mamar. Chorava de fome. Ela foi ao médico e ouviu:

— Minha filha, você precisa soltar isso, está tudo represado. Faça o seguinte: chegue em casa, dê uns gritos, bote pra fora, pegue uns pratos e quebre.

Ela olhou para a cara dele e falou, choramingando:

— Eu não tenho nenhum prato pra quebrar.

Saiu do consultório já chorando e seu leite começou a jorrar. Passou a chorar todo dia.

O marido ainda foi duas vezes à delegacia saber a quantas andava o inquérito, mas, na segunda vez, o policial insinuou que seria preciso pagar propina:

— A gente pode conversar, mas você vai ter que dar uma força.

Ele se negou. Sem tempo e sem dinheiro para viajar toda hora a São Paulo, o casal acabou deixando para lá, tocando a vida e retomando a rotina.

— Tudo isso serviu pra reforçar os laços familiares e de amizade. Todo mundo sofreu junto com a gente e ajudou — Luciana diz.

Um mutirão de solidariedade e companheirismo logo se formou, permitindo aos dois se reerguer. O irmão dela havia se casado no dia 30 de dezembro e doou todos os presentes em duplicata. Sua tia deu uma pequena geladeira comprada à prestação. Teve gente que pediu o número da conta para depositar dinheiro. A avó de Luciana reuniu os tios e todo mundo colaborou. O pessoal do mercado editorial, onde trabalha, fez outra vaquinha. Quem tinha poucos recursos se oferecia para tomar conta do filho ou convidava os três para almoçar em casa. Todo dia aparecia uma sacola com toalhas, lençóis, colchas e panelas. Um pequeno caminhão ia passando de casa em casa, recolhendo doações. As pessoas diziam: "Eu tenho uma televisão"; "Eu tenho talheres."

Dois meses depois, ela saiu da casa da sogra e se instalou, enfim, em seu apartamento. Ela e Luciano dormiam em dois colchões de solteiro que ficavam unidos por um lençol de elástico de casal. O filho ficava ao lado, também no chão, num minicolchão doado por sua chefe. De fevereiro a junho foi a época em que Luciano, que trabalhava com vendas, mais ganhou comissão. Com isso, em pouco mais de seis meses a casa estava montada. E a história acabou entrando para o anedotário familiar. Ela agora consegue rir do episódio, e não mais de nervoso:

— Nunca mais tivemos notícia do perneta. Virou gozação entre os parentes: "O cara não passou a perna em vocês, ele passou a muleta."

A mãe dela não podia ver alguém sem a perna na rua que se lembrava do golpista e ficava com raiva. Foi mesmo um trauma violento:

— Fiquei muito abalada e me entreguei ao trabalho — diz Luciana. — Tanto que acabei promovida.

Quatro anos depois, o casal comprou um apartamento em Jacarepaguá e saiu de Irajá. Na hora da mudança, tomou precauções:

— Meu pai foi na boleia do caminhão. Se decidissem roubar de novo, ele ia perturbar tanto que os ladrões devolveriam tudo rápido — lembra Luciana, com humor. — E nós fomos seguindo o caminhão, junto com outro carro. Nunca mais nenhuma mudança na família foi a mesma.

Antes de passar por esse drama pessoal, ela já havia se mobilizado por uma tragédia nacional.

— Na época do desabamento do prédio Palace II, na Barra da Tijuca, fiquei muito mal. Procuramos a Associação de Moradores e doamos roupas, cobertores e outras peças. E, três anos depois, era eu que recebia ajuda. Eu lembro que sempre pensava: "Meu Deus, estou passando por uma situação parecida, tendo que recomeçar com a ajuda de gente de bem." Claro que, no caso deles, foi muito pior porque, além de tudo que estava dentro, perderam a própria casa. Mas a sensação que tive era muito parecida.

Seu caso também ficou impune.

— Os caras continuam por aí, que nem os que ruíram o Palace. É surreal. De uma hora pra outra, sua vida material desaparece por culpa de gente ruim, mesquinha, egoísta. Você perde suas fotos, seus documentos, suas cartas, seus livros, suas lembranças físicas, tudo. E só lhe resta levantar a cabeça, seguir em frente e reconstruir sua vida. Foi o que fiz, mas é uma história que guardo pra sempre.

Bilhetes de amor

Ligo para a floricultura e encomendo umas flores. A atendente pede que eu dite o bilhete. Digo e repito cada palavra. Sou perfeccionista, então acho melhor pecar pelo exagero.
— É "a" craseado. Você sabe o que é crase, não?
Ela sabia, claro. Continuo. A moça me interrompe para observar:
— Não é melhor você dizer "meus dias" em vez de "meu dia"?
Explico que não. Que ao falar "meu dia" já está claro que estou me referindo a todos os dias, e não a um dia específico. Sinto-me meio estranho de abrir minha intimidade para uma desconhecida. Inseguro, fico imaginando se ela está achando o texto brega ou mal escrito. No fim, para checar, peço que leia tudo, incluindo acentos e pontuação. Afinal, forma e conteúdo, a exemplo de um arranjo floral, devem se harmonizar. Ela repete em voz alta, duas vezes. Fico um pouco envergonhado de pensar que minha declaração de amor está sendo ouvida pelos outros vendedores e por possíveis clientes que estejam na loja. Depois de terminarmos, comento:
— Você deveria escrever um livro fazendo uma compilação dos bilhetes que anota. Deve ouvir cada coisa...
Ela confirma que, de fato, escuta de tudo. Textos cafonas, poéticos, emocionantes, de mau gosto. Cartas de amor, pedidos de desculpa, parabéns, agradecimentos, congratulações. Chega a tomar a liberdade de fazer sugestões aos clientes, como no meu caso. Mas recusa minha ideia do livro:
— Já pensei no assunto, mas não me sentiria bem. São os sentimentos das pessoas que estão ali, eu estaria roubando as palavras e a emoções alheias.

Eu, que vivo de colher e registrar palavras e emoções alheias, me calei. De qualquer forma, histórias curiosas não faltam, como ela conta:

— Teve um dia em que veio um homem aqui e escreveu um cartão, botou no envelope e juntamos com as flores que encomendou. Mais tarde, chegou uma mulher furiosa, exigindo que revelássemos a identidade do suposto admirador. Queria nome e endereço de quem mandou as flores e escreveu o texto.

É que não se tratava de um bilhete amoroso, e sim de uma ameaça de morte.

No meu caso, o presente foi bem-recebido, ainda que o cartão tenha vindo com letra de outra pessoa e um erro que escapou aos meus cuidados. Ao pedir que a atendente lesse a mensagem pelo telefone, faltou conferir a ortografia. "Suaviza" veio "suavisa". Mas quem ganhou o buquê relevou a falha. Achou que a doçura do gesto suavizou o espinho gramatical.

Nomes florais

Recebo um e-mail de Begônia. É um nome primaveril, cheio de frescor. A mensagem da leitora me faz lembrar de minha amiga Julia. Certa vez, conversei com sua avó. É uma figura adorável chamada Edelweiss, que nem a flor típica da Áustria e da Suíça, de pétalas brancas e formato de estrela, imortalizada na canção de mesmo nome composta por Richard Rodgers e Oscar Hammerstein II para o musical da Broadway *A noviça rebelde*, depois transformado em filme.

Essa flor de pessoa é mais conhecida como Vavá. Suas irmãs também foram batizadas de forma semelhante. E, a exemplo de Edelweiss, não se chamam Rosa, Margarida, Hortênsia, Violeta ou outras plantas ornamentais mais manjadas. É bem verdade que duas delas são Gardênia e Angélica, mas as demais são Amaryllis, Eglantine e Glycinia, formando um sonoro jardim familiar.

Esse criativo buquê de nomes florais surgiu pelo gosto da mãe, Maria da Ressureição, a Ressu, por palavras cruzadas — as mais difíceis. Ela teve ainda quatro filhos, mas, ao contrário das meninas, não se chamam Lírio, Narciso, Delfínio, Ranúnculo ou Jacinto. Ganharam nomes tradicionais: João Francisco, Antônio Filho, Carlos e Hannibal, este por causa do avô, Hannibal César. Não se sabe ao certo por que os homens soam mais convencionais e destoam do colorido arranjo feminino. Talvez porque Maria da Ressureição fosse uma mulher forte e independente — quando jovem, tocava violino em orquestra — e quisesse que as filhas cultivassem o mesmo espírito insubmisso. Vavá, por exemplo, veio para o Rio sozinha aos 16 anos, já emancipada. Era costureira e fez ela mesma um traje de banho de duas peças com que ia à Praia de Copacabana, numa época em que eram raras as mulheres de biquíni. Como na música de Rodgers e Hammerstein, a pequena Edelweiss desabrochou e cresceu.

Novos parentescos

No calçadão, o ambulante pergunta:
— Vai água aí, chefe?
Digo que não, obrigado, e minha filha de 9 anos me indaga:
— Por que ele te chamou de chefe? Você não é chefe dele.
Imagine se ela tivesse visto o dia em que, ao sair do prédio, segurei o portão para um entregador entrar e ele me agradeceu:
— Valeu, primo.
Ou então a ocasião em que um vendedor me chamou de "compadre". (Ou teria sido "cumpadi"?) Explico para Alice que é assim mesmo. No convívio do dia a dia, a abordagem formal com frequência dá lugar a uma versão mais descontraída. Tanto que, logo depois do "compadre", outros dois camelôs forçaram parentescos ainda mais próximos a mim:
— Fala, filhão!
— Água é dois, irmão.
Lembrei de minha cunhada, que nasceu na Suíça e veio para cá com 5 anos. Ela chegou do primeiro dia de aula, onde ouviu os coleguinhas falarem "tia", e disse aos pais:
— Acho que não vou me adaptar. Todo mundo é parente da professora menos eu.
"Amigo" é outro tratamento bastante comum. Tem até os exagerados, como o motorista do aplicativo que se despediu de mim:
— Tchau, amigão.
Meu filho de 6 anos estranhou:
— Você é amigo dele, pai?

Dias depois, na feira, um vendedor me abordou:
— Fala, grande.
Ainda bem que meus filhos não estavam por perto, porque também iriam estranhar o pai mirrado ser tratado assim. "Garoto", "jovem", "moço" e "rapaz" são cumprimentos habituais, mas, pelo menos no meu caso, andam bastante escassos. "Querido" — ou "meu querido" — é mais raro, em geral usado quando você encontra alguém que conhece, mas de quem não lembra o nome, e tenta ganhar tempo enquanto a memória faz um *download*. O que, comigo, nunca acontece.

No linguajar informal do carioca, são muitas as maneiras que se tem de chamar, agradecer, cumprimentar, saudar ou se referir a alguém. O serviço é ruim, o prato vem trocado, a comida chega fria, o garçom esquece o pedido, o eletricista atrasa, o flanelinha te extorque, mas em compensação você escuta: "Tudo certo, campeão?", "Bom dia, guerreiro", "Tudo bem, colega?", "E aí, meu camarada?". Como a guardadora do Vaga Certa, da Prefeitura, que me perguntou na hora de estacionar:
— Faz questão da folha, meu coração?
— Faço — respondi, secamente.
Mas a voz melosa e a abordagem carinhosa já devem ter lhe economizado muitos tíquetes.

Essas saudações funcionam como um bom cartão de visitas. Tem aqueles hierárquicos: "diretor", "patrão" e o já citado "chefe" — ou uma variante mais despojada ainda, "chefia". E há uma deferência clássica, que vem em geral acompanhada de um sorriso aberto: "Tudo bem, meu nobre?"

Há pouco, um ambulante saiu-se com um "meu rei", como se baiano fosse. E em outra ocasião a atendente da loja de sucos me perguntou se eu queria açúcar e disse:
— Mais alguma coisa, abençoado?
Religiosa ou não, adoçou meu dia.

Eu provejo?

Uma amiga começou a desabafar sobre os problemas que vinha tendo com uma colega de trabalho.
— Eu não sei por que ela age assim. Eu não com...
Ela estancou no meio da frase, arrependida. Compito com ela? *Competo* com ela? Qualquer que fosse a resposta, soava esquisita. Minha amiga achou por bem alterar o verbo e reformulou:
— Eu não disputo com ela.
A língua portuguesa é mesmo pródiga em armadilhas. Um repórter esportivo cometeu uma falta grave numa reportagem: escreveu que o time "obteu" a vitória. No dia seguinte, abriu o jornal e aquele "obteu" berrou na sua cara. Estava careca de saber que o certo era "obteve", mas deve ter dado um branco na hora de digitar. Na redação, ao ganhar uma merecida bronca, defendeu-se com bom humor:
— O redator leu minha matéria. O subeditor leu minha matéria. O editor leu minha matéria. E todo mundo *manteu* o meu *obteu*.
Escapou de levar um cartão vermelho.
Eu também já tive minha cota de hesitações. Anos atrás, num almoço em comemoração ao aniversário de casamento de Lúcia e Luis Fernando Verissimo, num restaurante, eu tive de sair mais cedo por conta de um compromisso profissional. Com a gentileza habitual, a mulher do escritor preocupou-se em saber se eu tivera tempo de comer alguma coisa. Respondi que minha mãe já tinha cuidado disso e expliquei:
— Sabe como é mãe judia, ela proveu meu prato de comida.

Arrependi-me na mesma hora. Proveu? Será que a conjugação era essa mesma? Onde estava com a cabeça para ter escolhido o verbo "prover"? O que Verissimo vai pensar? Eu poderia ter falado de forma simples. Por que não: "Minha mãe fez um prato de comida pra mim"? Se quisesse ter sido mais pretensioso, teria usado "abastecer" ou "municiar". É feio, mas não teria dúvidas em dizer: "Minha mãe abasteceu meu prato de comida" ou "Minha mãe municiou meu prato de comida".

Mas "prover"?

Esquece, Mauro, deixa de viagem, é claro que o certo é mesmo "proveu". Ou será que é "proviu"? Nesses momentos, com uma mesa de intelectuais de olho em você, até as palavras mais corriqueiras tornam-se ameaçadoras. Que dirá então as outras, menos usuais. Olhei ao redor e não vi nenhuma cara de estranhamento. Despedi-me e corri para conferir a conjugação. Felizmente, era apenas paranoia. Bem feito, quem mandou ser pernóstico?

Depois lembrei que eu era reincidente. Tempos antes eu falava sobre uma aula particular que havia começado a fazer. Eu disse à minha interlocutora:

— Eu *prôvo*...

Estanquei de repente. Queria dizer que parte substancial dos rendimentos da professora provinha de mim, já que ela só tinha outro aluno. Fiquei em dúvida se estava certo. Minha amiga ficou em silêncio. Resolvi tentar novamente:

— Eu *provenho*...

Não, certamente não era isso. Quem sabe "eu *provê*"? Nada a ver. Talvez o certo seja "eu provejo". Continuava soando estranho. Já sei, o verbo prover é que nem falir, que no presente do indicativo não é conjugado na primeira pessoa do singular. Não existe "eu falo", a não ser que você esteja querendo falar alguma coisa. Achei melhor mudar de planos.

— Eu proporciono a maior parte dos ganhos da professora.

Respirei aliviado. Depois, consultei o dicionário. Era mesmo "eu provejo".

Veio-me à mente o personagem de *Eloquência singular*, de Fernando Sabino. Na crônica, mal iniciou o discurso, o deputado embatucou: "Senhor presidente: eu não sou daqueles que..." E aí bateu a dúvida: o verbo recusar ia para o singular ou para o plural? A partir daí, Sabino nos brinda com um texto delicioso sobre as trapaças do português. O político tentava de todas as formas se safar da ratoeira linguística em que se metera, intercalando orações, inventando apartes de colegas — tudo sem sucesso. Até que, com o tempo já esgotado, finalizou, para alívio de seus pares e dele mesmo: "Em suma: não sou daqueles. Tenho dito."

A propósito: Sabino, com suas crônicas, me provê de grandes momentos.

Este livro foi impresso em outubro de 2019
pela Assahi para Editora 106.
A fonte usada no miolo é Georgia corpo 10,5.
O papel do miolo é Pólen Soft LD 80g/m².